KB114712

FUSION FANTASTIC STORY

SOKIN 장편소설

재벌 작가

재벌 작가 5

SOKIN 장편소설

초판 1쇄 찍은 날 § 2018년 1월 23일
초판 1쇄 펴낸 날 § 2018년 1월 30일

지은이 § SOKIN
펴낸이 § 서경석

총괄팀장 § 최하나
편집책임 § 김경민
편집 § 이종식

펴낸곳 § 도서출판 청어람
등록번호 § 제387-1999-000006호
등록일자 § 1999. 5. 31
어람번호 § 제1-2838호

주소 § 경기도 부천시 부일로 483번길 40 서경B/D 3F (우) 14640
전화 § 032-656-4452 팩스 § 032-656-4453
http://www.chungeoram.com
E-mail § chungeorambook@daum.net

ISBN 979-11-04-91616-8 04810
ISBN 979-11-04-91484-3 (세트)

FUSION FANTASTIC STORY

SOKIN 장편소설

재벌 작가

5

청어람

Contents

재벌 작가

제1장

기회를 준다 I

<이우민 작가의 장편 판타지 소설 '떨어진 달' 100만 부 초
읽기>

전체 댓글(4,23l)

└aagge∗∗∗: 드디어 우리나라에도 세계적인 작가가 탄생했다. 경배
하라!!

└gal83b∗∗∗: 이게 미국에서도 l등 먹는다는 존잘 이우민 작가님의
책 맞음?

└jplllxc∗∗∗: 아니, 뭐 그지 같은 소리임. 한국에서만 l00만 부고 전

세계로 치면 벌써 500만 부 넘지 않았음?

└uidman***: 빨리 할리우드랑 계약해서 영화로도 보고 싶어요♥ 빨리 만들어주세요.

└ddumdd***: 이 작가 외국으로 보낸 놈들 진심으로 반성해야 한다. 하마터면 이런 인재를 미국으로 보낼 뻔했다.

그 옆에 관련 기사로 이문철에 관한 뉴스도 올라와 있었다.

<천마강림' 저자 이우철, 이문철로 밝혀지다>

전체 댓글(2,719)

└kkk90***: 재미만 있으면 되지 뭘 더 바라냐. 보기 싫으면 보지 마.

└sinsa***: 출판사랑 짜고 합의금 고소미 먹인 거 다 뱉어내라.

└lyuui***: 이 자식 출판사가 우민 작가 스캔본 퍼뜨린 데 아님? 끼리끼리 논다더니.

뉴스를 확인한 전석영이 말했다.

"작가님, 뉴스 보셨어요? 천마강림 쓴 이우철이 이문철이래요."

함께 있던 함수호는 처음 듣는 이름이었다.

"이문철? 그게 누군데?"

"아, 형은 모르시는구나."

그새 친해졌는지 호칭이 편해져 있었다. 듣고 있던 송민영도 한마디 보탰다.

"문단의 기대주였다가 한순간에 잡주로 전락한 작가 있어."

실체를 알고 있기에 말이 곱게 나오지 않았다. 특히나 그와 관련되었던 성 추문이 송민영의 심기를 불편하게 만들었다.

"문단이라면… 장르 소설 쓰던 사람이 아니야?"

"네. 요새 출판 시장이 다 죽었잖아요. 문단, 방송가 가릴 것 없이 웹소설 쪽으로 몰려오고 있을걸요. 웹소설 대박 나고, 드라마나 영화로 제작되는 경우도 많으니까요."

함수호도 장르 판에 있으면서 그런 말은 많이 들었었다. 그러나 실상을 알기는 처음이었다.

"뉴스 보니까 완전 쓰레기던데……."

"그게 뭐 상관있나요."

"진짜 헐이네… 헐이야……."

그렇게 잡담을 하고 있는 사이 우민이 집 안으로 들어섰다. 그러자 다들 후다닥거리며 재빨리 자리에 앉았다.

함께 들어오던 카타리나가 우민을 타박했다.

"야, 얼마나 사람들을 갈구길래 오자마자 바짝 긴장을 하냐. 내가 뭐라 그랬어. 항상 친절, 상냥한 미소로 대하란 말이야."

그러자 전석영이 입을 열었다.

"아, 아닙니다. 작가님이 얼마나 친절하게 알려주시는데요."

함수호도 어색하게 웃으며 말했다.

"하하, 마, 맞아요. 너무 잘 가르쳐 주셔서 항상 감사할 따름입니다."

마지막으로 한 송민영의 말에 주변이 조용해졌다.

"너무 잘 가르쳐 주는데 우리가 못 따라가서 그렇죠. 하루 종일 팩트 폭행당하다 보면 자연스럽게 이렇게 됩니다."

우민이 어깨를 으쓱하며 말했다.

"봤지? 그렇다네."

그러고는 태연하게 자기 자리에 가서 앉았다.

*   *   *

작가 그룹이 위치한 신사동 사무실로 찾아온 손석민이 서류 봉투 5개를 꺼내 늘어놓았다.

"유니버스 스튜디오, 마운트, 소냐 픽처스, 위너 브로스에서 보내온 계약서다. 아! 넷링크에서는 무조건 다른 회사들보다 좋은 조건으로 해줄 테니까 자기랑 계약하자더라."

어느 것 하나 유명하지 않은 회사가 없었지만 우민의 반응은 시큰둥하기만 했다.

그런 우민을 설득하기 위해 손석민이 말을 이었다.

"시리즈를 언제까지 내든 다 계약해 주겠다고 하더라."

"이거 말고 제가 알아봐 달라고 한 건요?"

손석민이 눈을 질끈 감았다. 이 녀석은 왜 자꾸 쉬운 길을 놔두고 어려운 길을 가려고 하는 걸까.

"너 유명 블록버스터 영화 제작비가 정말 얼마인지 알고 하는 말이냐?"

우민이 태연하게 답했다.

"천억? 이천억?"

손석민은 이제는 아예 사정하다시피 말했다.

"그게 뉘 집 이름이냐고… 한국에 그 정도 투자를 할 투자사가 있을 것 같아?"

우민이 장난스럽게 손을 들었다.

"저요!"

"너 천억 있어? 없잖아……."

인세는 일단 손석민을 거쳐 우민의 계좌로 들어간다. 지금까지 넣은 돈을 다 합쳐도 200억이 될까 말까다. 거기에 그동안 쓴 돈을 빼면 천억은 어림도 없다.

"거기에 아저씨 회사가 투자사로 참여하면?"

"야! 우리 회사에 그런 돈이 어디 있어. 그리고 주주들이 가

만있을 것 같아?"

"아저씨랑 준철 교수님 지분 합치면 100이잖아요. 준철 교수님이야 제가 직접 제작한다고 하면 두 손 들고 찬성하실걸요?"

손석민이 답답하다는 듯 한숨을 내쉬었다.

"그래, 돈은 어떻게든 마련한다고 치자. 영화 제작에 대한 아무런 지식도 없어, 감독도 없어, 스태프도 없어. 그런데 무슨 수로 영화를 만들겠다는 거야."

"루카스 필름이라고 들어보셨어요?"

"야! 그거야……."

"스타워즈라는 세계를 창조해서 거기에 이야기를 입히고, 그걸 영화로 만들어 세상에 내놓은 사람이죠. 저라고 크게 다를 거라 생각하지 않아요. 그리고……."

잠시 뜸을 들이던 우민이 말을 이었다.

"제가 만든 세계가 그에 못지않다는 걸 확신합니다."

확신에 가득 찬 우민이었지만 손석민의 우려는 여전했다.

우민은 작가, 글을 쓰는 사람이다. 그러면 자신의 글을 영화로 잘 만들어줄 제작사와 계약을 하여 만들면 될 일이다. 굳이 제작사를 차리고 감독을 뽑아 영화 제작을 맡기는 번거로운 일을 할 필요가 있을까?

그럴 필요가 없다는 손석민의 생각은 확고했다.

"그래, 그 탄탄한 세계를 잘 구현해 줄 제작사를 만나면 되
잖아. 세계에서 가장 능력 있기로 소문난 회사들이다. 누구보
다 잘 만들어줄 거야."

"그리고 그들의 입맛대로 내용이 변하겠죠. 외압에 시달리
는 건 넷링크와 작업을 하며 경험한 걸로도 충분합니다."

우민은 자신이 만든 세상이 한 치의 오차도 없이 영화나 드
라마에서 나타나길 원했다. 그러나 그런 바람은 자신이 온전
히 주인일 때만 지켜질 수 있었다.

"알았다. 좀 더 알아보마."

우민의 설득에 손석민은 이번에도 백기를 들었다.

*   *   *

<이우민 작가의 '떨어진 달' 150만 부 판매량 기록>
<메가 히트 작품 '떨어진 달' 인기 요인은?>
<서점가 우민 효과로 인한 때아닌 호황>
<한국 최고 판매량을 기록하고 있는 '정석 수학'을 넘어설
것인가>

이제 사람들의 이목은 책이 얼마나 팔릴 것인가에 쏠렸다.
몇 달여 만에 1, 2권 합계 150만 권을 넘어섰다.

전 세계에서 팔린 양은 천만 권가량.

촘촘히 짜여 있는 세계, 그 안에서 활동하는 생동감 있는 캐릭터. 우민 특유의 흡인력 있는 필력이 전 세계 독자들을 사로잡았다.

권당 9,000원의 가격에 대략 10%의 인세를 잡아도 90억. 해일처럼 밀려드는 돈의 홍수에 손석민은 정신을 다잡아야 했다.

까딱해서 밀려드는 돈에 휩쓸려 버렸다간 인사불성이 되기 십상이다.

그리고 처리해야 할 일이 산적해 있어 다른 곳에 눈 돌릴 여유가 없었다.

"최 대리, 아직 아무 데서도 연락 없지?"

"네. 왜 자기들에게 이런 말을 하냐고, 혹시 사기 치는 거 아니냐고 물어보는 곳은 있었습니다."

우민의 말대로 직접 제작으로 가닥을 잡고, 가장 먼저 감독을 알아보기 위해 수소문을 해보았다.

작가가 생각해 놓은 그림을 표현해 줄 연출가.

유명 감독들은 대부분 난색을 표했다.

이미 대중들의 전폭적인 지지를 얻고 있는 원작이다.

잘해야 본전, 까딱 잘못하면 원작을 망쳤다는 욕을 먹기에 딱 좋았다.

결정적으로 우민이 내민 조건이 황당하기 그지없었다.

"영상의 최종 결정권을 감독이 아닌 작가인 자기가 가지겠다고 하니, 바지 사장처럼 느껴지겠지."

"해외 유명 감독들이 서로 자기가 만들어보겠다고 연락이 온다고 하지 않았어요? 그 사람들에게 맡기면 되잖아요."

직원은 도저히 이해가 가지 않는다는 듯 반문했다.

"그러면야 나야 좋지. 하지만 우민이가 싫다고 했다. 이미 자기 머릿속에 그림이 다 그려져 있대. 그걸 영화로 표현해 줄 사람이 필요하다는 거야. 유명 감독들은 이미 그들만의 개성이 굳어져서 자신의 마음대로 영화를 만들 수가 없다는 우민 작가님의 전언이시다."

"마음대로 만들고 싶다는 말이군요. 결국 폭군, 예전 뉴스에 나왔던 그 말이… 꼭 맞네요."

"하하, 아마 노아 테일러가 했던 말로 기억하는데… 그 말이 딱 맞아."

그렇게 잡담을 하고 있는 사이 출판사 문이 열리며 한 남자가 들어섰다.

호랑이도 제 말 하면 온다더니 우민이었다.

"폭군. 아주 좋네요."

손석민이 어이가 없다는 듯 픽 웃었다.

"좋기는 이 녀석아, 다른 말로 불통의 아이콘이다."

"하하, 제가 정답인데 굳이 소통할 필요가 있나요?"

손석민이 직원에게 눈짓했다.

'봐봐, 제가 저렇다.'

그러나 돌아온 반응은 달랐다.

'우민 작가님 정도면 저러셔도 됩니다.'

'뭐, 이 배신자.'

'저도 작가님 팬이라서요.'

우민이 무언의 대화를 나누고 있는 손석민을 향해 말했다.

"이렇게 앉아서 기다리면 끝이 없으니 좀 더 적극적으로 감독을 구해볼까 합니다."

손석민의 궁금증을 자아낸 우민이 말을 이었다.

"배우만 오디션을 보라는 법 있나요? 감독도 오디션으로 뽑으면 되잖아요."

감독.

영화에서 일의 전체를 맡아 지휘, 관리하는 사람이다. 기본적으로 갑의 위치에 있는 사람.

이런 위치를 오디션으로 뽑겠다니, 손석민은 잘 상상이 가질 않았다.

"지금까지 왜 감독 오디션이 없었는지 생각해 보면 답이 나오지 않을까?"

"예술을 하는 사람이 가지는 높은 자존감? 작품을 만드는 주체가 아니라는 데서 오는 회의감? 뭐 이런 것들을 말씀하시는 건가요?"

"그런 것들에 더해서 감독이라는 자리가 주는 상징성. 왜 사람들은 감독이 되고자 할까. 그 자리에서 본인 스스로의 힘으로 하나의 작품을 완성하고 그에 따라오는 성취감, 부 등을 가지고 싶기 때문 아닐까?"

손석민의 반문에 우민은 일말의 고민도 없이 즉답했다.

"처음부터 그런 감독으로 시작하는 사람은 없습니다. 제가 제안하는 오디션은 바로 감독부터 시작할 수 있는 기회를 주는 겁니다. 영상의 최종 결정권을 제가 가진다고 해서 감독이 가지는 다른 권한까지 제한하겠다는 게 아니에요."

"물론 감독으로 시작하는 사람은 없지만……."

우민의 말은 설득력이 있었지만 손석민은 꺼림칙함을 버릴 수가 없었다.

아무리 좋은 말로 포장해도, 결국은 바지 사장이란 말이다. 실세는 뒤에 있고, 자신은 그에 따라 움직이는 인형 같은 느낌을 견뎌낼 수 있을까?

"우려하시는 바는 잘 압니다. 하지만 말씀드렸다시피, 빌 게이츠가 떨어진 돈을 줍지 않듯 저는 글을 쓰는 것만으로도 바빠서 감독까지 할 시간이 없어요."

손석민도 더 이상 반대를 할 수만은 없었다. 혹시 또 대단한 천재를 만나 영화가 잘 나올 수 있지 않을까 하는 기대도 있었다. 우민이 하는 일은 언제나 최고의 결과물을 만들어냈으니까.

"그래, 한번 해보자. 네 말대로 영화 바닥에서 감독을 꿈꾸며 월 백만 원도 못 받는 청춘들이 많다는데 그런 자리보다야 감독이 낫겠지."

그리고 일주일 후 사람들의 눈을 의심케 하는 광고가 전파를 탔다.

*   *   *

M방송 연예가 이슈의 리포터가 초대석에 앉아 있는 영화감독 장완석에게 말했다.

"천만 돌파 축하드립니다. 감독님!"

"하하, 모두 관객분들 덕분입니다."

옆에는 영화 '형사들'의 주연배우들이 함께 앉아 있었다. 천만을 넘어서고 나서도 흥행 동력을 잃지 않고 꾸준히 사람들을 불러모으고 있는 중이었다.

"이 기세가 지속된다면 한국 최초 2천만 관객 수를 동원한 영화가 탄생할지도 모른다는 기대감이 가득한데요. 감독님께서는 어떻게 예상하십니까?"

리포터의 질문에 장완석이 기분 좋은 웃음을 터뜨렸다.

"생각만으로도 들뜨게 되는군요. 하지만 미리 김칫국을 마시지는 않겠습니다."

장완석의 말에 함께 앉아 있던 배우들이 약속이라도 한 듯 웃어 보였다.

"2천만이 넘으면 내거신 공약이 있다고 들었는데 어떤 거죠?"

리포터의 질문에 주연배우가 앞으로 나섰다.

"저는 광화문 한복판에서 시민 100여 분께 커피를 쏘기로 했습니다."

또 다른 주연급 여배우도 입을 열었다.

"저는 명동에서 사인회를 열기로 했습니다."

그렇게 배우들의 공약이 끝나고 감독의 차례가 돌아왔다.

"흐음……."

잠시 고민하는 척하던 장완석이 말을 이었다.

"'형사들'을 아직 안 보신 100분에게 영화표를 쏘겠습니다!"

그러자 리포터가 웃으며 대꾸했다.

"와, 이거 삼천만을 향한 의지를 불태우시는 건가요?"

그 말에 또다시 일동 웃음.

그렇게 인터뷰는 화기애애한 분위기 속에서 진행되었다.

방송 인터뷰가 끝나고 집으로 돌아가는 길.

장완석 감독이 매니저에게 물었다.

"얘기해 보라는 건 어떻게 됐어?"

"조건에 변경은 없다고 합니다."

"그래서 그게 끝이야? 내가 뭐라고 했어? 무슨 일이 있어도 성사시키라고 했잖아."

"그, 그게 그쪽도 워낙 강경해서……."

"그러니까 잘하라고, 잘! 지금 이우민이 만들어낸 원작으로 작업하고 싶어 하는 감독이 얼마나 많은 줄 몰라서 그래? 그 놈들이 왜 눈치만 보고 있을까?"

매니저는 꿀 먹은 벙어리가 된 채 아무 말도 하지 못했다.

"조건, 그 조건 때문이잖아. 마치 자기가 감독인 양, 영화를 만들게 해준다는 듯한 제스처 때문이라고. 알아들었어?"

진작 알아들었지만 매니저는 대꾸하지 못하고 운전대만 움켜잡았다.

"차기작도 천만 넘어야지. 아니, 그 작가 작품만 잡으면 천만이 뭐야. 세계로 진출할지도 모른다고. 작품만 잡으면 투자하겠다는 곳도 지금 줄을 섰어. 이럴 때 매니저의 역량이 발휘돼야 하는 거 아냐?"

"…맞습니다."

"나도 이제 천만 감독 타이틀이 생겼어. 그쪽에서도 마냥

버티지만은 못할 거라는 말이지. 할리우드 유명 감독들은 그들의 개성 때문에 맡기기 싫다고 했다며? 최대한 맞춰준다고 협상해 봐. 대신 모양 빠지지 않게. 알았어?"

알았다고 대답한 매니저가 운전에 집중했다. 그렇게라도 집중하지 않으면 자신이 매니저가 아니라 '조연출'이라는 사실이 생각날 것 같았다.

*　　　　　*　　　　　*

이제는 M방송의 인기 예능으로 자리 잡아가고 있는 '젊은 시장' 시작 전, 처음 보는 TV 광고가 전파를 탔다.

―떨어진 달.

―전 세계를 열광에 빠뜨린 역작.

―그 역작을 영화로 제작할 분을 찾습니다.

―영화감독.

―그 자리는 오직 하나.

―바로 당신입니다.

광고가 나가고 W 출판사의 업무는 다시 한번 마비되었다.

"이제는 새롭지도 않네요."

"……정말 감독을 오디션으로 뽑으실 생각인 건가."

"야, 작가님이 해서 안 되는 일 봤어?"

"그래도 이건 좀……."

"이러고 했던 일들 다 어떻게 됐어?"

옆 동료의 말에 부정적 의견을 내던 직원이 조용해졌다. 그런 직원들을 우민이 흐뭇한 표정으로 바라보는 중이었다.

"예상대로 반응이 엄청난데요?"

옆에 있던 손석민이 혀를 차며 말했다.

"엄청나지. 너무 엄청나서 불에 델 지경이다. 알게 모르게 영화감독들 사이에서 네 작품 보이콧하겠다는 소문이 돌고 있어."

"변화와 혁신은 항상 벽을 만나왔습니다."

"에휴, 너 때문에 내가 제명에 못 죽는다."

"오래오래 사셔서 지원해 주셔야지, 어디 그런 말씀을 하십니까."

능글맞은 우민의 말에 손석민이 절레절레 고개를 저었다.

"벌써 수십 명이 지원하기는 했어. 지원 자격에 제한을 두지 않아서인지 간혹 대학생이나, 작품 하나 만들어보지 못한 정말 생초짜 감독들도 있더라. 그런 감독이랑 정말 영화 만들 수 있겠어?"

"셰익스피어가 극작가로 이름을 날린 연극에서 연출의 비중이 얼마나 될까요?"

이번에는 손석민이 헛웃음을 터뜨렸다. 이런 우민의 화법에 이제는 완전히 적응되어 버렸다.

무슨 말을 할지 예측이 될 정도였다.

"맞아. 너의 극본이 너무 완벽해 연출의 미숙함을 커버하고도 남겠지."

자신의 얼굴에 금칠을 하고 있음에도 우민은 전혀 거리낌 없이 대답했다.

"하하, 이제야 좀 말이 통하네요. 그런 겁니다. 천재, 완벽이란 그런 거예요."

손석민은 이제 포기했다는 듯 고개를 끄덕였다.

*   *   *

우민은 자리를 잡고 앉아 오디션 지원자들의 이력을 살펴보았다.

이미 작품을 찍어본 감독에서부터, 이름 한 번 들어본 적 없는 신인, 손석민의 말대로 연극영화학과를 다니는 대학생들도 이력서를 보내왔다.

텍스트를 살핀 다음에는 보내온 영상물을 보았다.

하아암.

보자마자 하품이 나오는 영상물에서부터.

"윽."

눈살을 찌푸리게 만드는 잔인한 장면이 담긴 자극적인 내용도 심심치 않게 보였다.

"헐……."

그런 우민도 입을 떡 벌어지게 만드는 영상이 눈앞에 나타났다. 화면 가득 찬 살색의 향연.

음란물 동영상이었다.

—하… 아, 하… 아.
—아앙, 앙앙앙!

아차!

이어폰을 꽂고 있지 않았기에 영상의 소리가 그대로 사무실에 생중계되었다.

당혹스럽기 그지없는 일.

곁에 있던 손석민이 그것 보라며 웃음을 흘렸다.

"별 어중이떠중이 다 있지? 연출에 문외한인 우리가 그걸 다 어떻게 가리냐."

쩝.

부끄러움이 밀려왔던 우민이 입맛을 다셨다.

"오실 때가 됐는데……."

우민의 중얼거림을 듣기라도 했을까. 누군가 카메라를 들고 사무실로 들어왔다.

손석민도 익히 아는 얼굴이었다.

예능 PD로 시작해 인기 절정의 드라마로 커리어의 정점을 찍은 신 PD. 그리고 톱스타라 부르기에는 약간 애매하고 그렇다고 B급 연예인도 아닌 서성모.

그 둘이 함께 사무실로 들어서고 있었다.

* * *

카메라와 사람들로 사무실이 꽉 찼다. 뭐가 어떻게 진행되고 있는지 어리둥절해하던 손석민이 물었다.

"그러니까, 이걸 공개 오디션으로 진행해서 그 과정을 방송으로 내보내자 이 말이야?"

"네. 이른바 더 디렉터!"

"이것도 네 생각이냐?"

그 말에 함께 왔던 송민영이 앞으로 나섰다.

"아니요. 이건 제 아이디어였어요. 들어보니 작가님이나 사장님께서 어떤 사람의 연출력을 알아볼 수 있는 눈이 좀 부족한 건 사실이잖아요? 그럴 거면 작가님 작품의 인기를 이용해서 공개 오디션 프로그램을 만들어도 괜찮다고 생각했죠."

송민영의 말에 신 PD가 앞으로 나섰다.

"들어보니 아이디어가 괜찮더군요. 그리고 우민이는 어릴 때부터 제가 아끼던 작가이기도 해서 꼭 좋은 감독이랑 연결시켜 주고 싶었어요. 제가 영화만 만들 줄 알았어도 지원해 보겠는데 그러기에는 아직 답이 작아서……."

신 PD의 말에 손석민이 황송해했다.

"아이고, 아닙니다. 신 PD님 능력이야 이미 세상이 다 아는데요."

"하하, 하여튼 영화감독 공개 오디션이라니 대단히 신선했어요."

"제 눈이 틀릴 일이야 없겠지만 몇백억이 넘는 돈이 들어가는 일이니 신중하게 처리해야 한다고 생각했습니다. 더구나 이걸로 사전 마케팅에, 프로그램 수익도 나눠 가질 수 있으니 일석이조잖아요."

손석민이 두 손을 위로 들어 올리며 말했다.

"이제는 정말… 나도 뭐가 뭔지 모르겠다."

손석민의 말을 허락이라 생각한 신 PD가 자리에서 일어났다.

"하하, 그럼 지원자 접수 부분부터 촬영하겠습니다."

그러자 여태껏 존재감 없이 앉아 있던 서성모가 급히 따라 일어나며 말했다.

"그, 그럼 저는 뭘 하면 될까요?"

우민이 그런 서성모의 어깨에 손을 턱 올렸다.

"형의 역할이 앞으로 중요해질 거야. 신인 감독들이 오디션을 진행하며 만들어낼 작품들의 주인공을 해야 하거든."

"주, 주인공?"

"그래, 거기서 잘하면 나중에 영화에서도 비중 있는 역할을 하게 될 거야."

우민의 말에, 서성모의 얼굴에 화색이 돌았다. 우민의 작품이라면 배우들 사이에선 과장되게는 할리우드로 가는 통로라고까지 알려져 있었다.

꿈의 세상 할리우드.

시키는 건 뭐든 할 수 있을 것 같았다.

"아, 알았어! 열심히 할게!"

*　　　　*　　　　*

친한 감독들과 술자리를 가진 장완석이 '영화감독 오디션 더 디렉터'를 성토했다.

"영화감독이 그렇게 해서 될 수 있는 거야? 예술이 장난도 아니고 말이야. 응? 안 그러냐."

"하긴 옛날에 비해서 감독의 권위가 많이 줄어들긴 했지. 옛날에는 진짜 감독 말 한마디면 껌벅 죽었는데."

"그러니까 말이야. 이렇게 감독이라는 권위에 흠집이 생기니까 투자사에서도 감독을 자꾸 휘두르려고 하잖아."

"그래, 완석이 네 말도 맞는 거 같다."

장완석 감독은 친한 감독이 편을 들자 더욱 열변을 토했다.

"이우민 작가 작품이 얼마나 대단한지 모르겠는데, 이러면 안 되지. 너희들도 알지? 바지 감독 알아보다가 감독들이 퇴짜 놓으니까 이런 짓 하는 거."

이제 막 독립 영화를 몇 편 찍은 신인 감독들은 장완석의 말에 그저 열심히 고개를 끄덕이는 게 전부였다.

그 얘기를 들은 친한 감독도 장완석의 말에 차츰 화가 나는 듯했다.

"들어보니까, 하겠다는 감독도 있었는데 실력이 형편없다며 까였다더라."

소위 '카더라' 통신.

술자리에서 그보다 좋은 안주거리는 없었다.

"와, 실력이 형편없어? 작가가 감독을 얼마나 물로 보면 이런 일이 있냐. 허 참, 어이가 없어서."

앞에 놓인 양주를 쭉 들이켠 장완석이 신인 감독들에게 단단히 일렀다.

"야, 여기 있는 사람들은 거기에 지원하지 마. 어디 한번 감독 귀한 줄 알아야 정신을 차리지."

친한 감독도 술을 쭉 들이켜곤 말했다.

"그래! 바지 감독이나 세우는 그런 작가는 영화판에 발도 못 디디게 해야 해!"

그러나 장완석의 속마음은 달랐다.

'멍청한 새끼. 한다고 했다가 실력 없어서 까였네.'

그런 마음과 달리 입 밖으로는 다른 말을 내뱉었다.

"이거 이럴 게 아니라, 다른 감독들한테도 보이콧하자고 말해야 하는 거 아냐? 지들만 조건 거나, 우리도 조건 걸 수 있다 이거야."

그리고 여전히 속생각은 달랐다.

'프로그램이 무산되면 잘 협상해서 감독 자리를 따내야겠어. 혹시나… 프로그램이 잘된다고 하면 그때는 2인 체제로 내가 멘토, 신인 감독을 멘티로 해서 진행을 하자고 하면 되겠지. 어찌 되었든 따내야 하는데……'

생각에 잠긴 장완석이 술을 한 잔 더 들이켰다. 천만 관객, 그 후에는 할리우드 진출. 우민을 잡는다면 그 꿈이 이루어질 수 있다는 생각이 술자리 내내 떠나가질 않았다.

*   *   *

언감생심이라는 사자성어가 있다. 장완석의 매니저이자 조연출인 자신에게 딱 맞는 말이라고 여겼다.

"하긴, 나 같은 놈이 이걸 어떻게 영화로……."

김승완은 들고 있던 '떨어진 달'을 책상 위에 살포시 내려놓았다. 세간에서 '반지의 제왕'에 버금가는 세계관에 '물과 불, 그리고 나무의 노래'를 능가하는 스토리라는 찬사를 받고 있는 작품이다.

수많은 할리우드 제작사들의 오퍼를 거절, 충무로에서 콧방귀 꽤나 낀다는 감독들과의 계약도 불발. 결국 무슨 이유 때문인지 오디션이라는 것까지 만들어 감독을 찾고 있다고 들었다.

"그럼 혹시……."

하는 마음이 생겼다.

감독 데뷔.

꿈에나 그리던 목표 아닌가. 이 오디션을 통과하면 감독 데뷔는 물론이거니와 이제껏 한국에서 제작된 적이 없는 초대형 블록버스터 영화가 만들어진다.

그런 영화의 감독이라니!

생각만으로도 숨소리가 거칠어지며 짜릿한 긴장감에 손발이 떨려왔다.

"혹시 모르는 거니까 지원을 해볼까……."

그러나 선뜻 지원 버튼을 누르지 못했다. 마음속의 마지막 걸림돌인 장완석 감독.

만약 자신이 지원한 걸 알게 된다면 조연출에서 잘리는 것에서 모자라 충무로 바닥에서 영영 쫓아내 버릴지도 모른다.

그러고도 충분히 남을 인간이었다.

"어차피 감독이랑 배우가 영화 만든다고 생각하는 놈이니 나 같은 건 안중에도 없겠지."

생각할수록 화가 났다. 저런 자식 밑에 있을 수밖에 없는 처지라 더 열이 받았다. 그리고 지금까지 받았던 수모가 막연한 두려움을 이겨냈다.

김승완이 지원 버튼을 클릭했다.

*   *   *

우민의 작업실에 '더 디렉터'의 로고송이 흘러나왔다.

―이 자리 주인공은 너야, 너! 너야, 너!

얼마 전 흥행에 히트했던 아이돌 그룹 오디션의 노래를 패러디한 '감독은 너야, 너 송'. 우민의 강력한 권유로 제작되고 방송이 이루어졌다.

"노래가 참 들을 때마다 귀에 쏙쏙 박히기는 하네요."

"그렇지? 너야, 너! 너야, 너! 캬아, 죽인다."

카타리나가 어이가 없다는 듯 우민을 바라보았다.

"유치하기 그지없는 노래구면."

우민은 그런 카타리나의 비판은 신경도 쓰지 않았다.

"천재는 바로 너야, 너!"

자아도취의 노래에 사람들은 어안이 벙벙해서 아무 말도 하지 못했다.

노래를 마친 우민이 말했다.

"어때요? 들을수록 중독되지 않아요?"

약간은 즐거워 보이기까지 한 모습. 카타리나가 혀를 쯧쯧 찼다.

"설마 네가 작사, 작곡한 거냐?"

"오랜만에 실력 발휘 좀 했지."

"실력 발휘는 무슨. 그저 패러디한 것밖에 없으면서."

카타리나의 타박에도 우민은 굴하지 않고는 한 번 더 노래를 불렀다.

사람들도 이제는 포기한 듯 고개를 저었다.

띵동.

벨 소리가 들리고 나서야 우민이 노래를 멈추었다.

"어, 누구지. 올 사람이 없는데……."

여기에 우민의 작가 그룹 사무실이 있다는 것 자체가 거의 알려지지 않았다.

고로 찾아오는 사람이 있을 리 만무했다.

"택배 올 사람 있어요?"

우민이 나가며 물었지만 다들 고개를 저었다.

그리고 문 앞에는 우민도 처음 보는 사람이 서 있었다.

장완석 감독의 조연출, 김승완이었다.

*   *   *

장완석 감독의 연출을 건의하기 위해 손석민과 만나던 중에 작가 그룹의 존재를 알게 되었고, 사생팬처럼 우민을 따라다니다가 이곳도 알게 되었다고 했다.

여기까지 오게 된 자초지종을 설명한 김승완은 다짜고짜 메고 온 가방에서 한 무더기의 A4 용지를 꺼내 들었다.

"제가 작가님 소설을 보면서 나름대로 정리한 겁니다."

우민이 슬쩍 훑어보니 작품에 등장하는 인물을 분석한 내용이었다.

"인물 분석 자료 같아 보이는데 이런 걸 왜……."

"제가 맞게 분석한 건지 혹시 조언을 들을 수 있을까 해서요."

노력은 가상했다. 그러나 오디션까지 하는 마당에 이러면 형평성 시비에 휘말릴 수가 있었다.

"이러면 형평성에 어긋나는 거 아닙니까?"

우민의 지적에 김승완이 주춤거렸다. 그러나 물러나지도 않았다. 만약 여기까지 찾아왔다는 사실이 혹시나 장완석 감독의 귀에 들어가면 자신은 끝이다.

여기에 모든 걸 걸었다.

"그러면… 그냥 들어주기만이라도 해주세요. 맞다, 아니다, 좋다, 그런 대답도 하지 않으셔도 됩니다. 제가 분석한 내용을 그저 들어주시기만 하면 됩니다. 그것도… 안 될까요?"

김승완은 간절하게 우민을 바라보았다. 아무런 피드백이 없더라도 원작자 앞에서 떠드는 것만으로도 성과가 있을 것이다. 말을 하다가 스스로 깨달을 수도 있고, 수년의 조연출 생활을 통해 얻은 눈칫밥으로 미묘한 차이를 찾아낼 자신이 있었다.

우민이 팔짱을 낀 채 눈을 감았다.

"……"

만나는 것 자체가 형평성에 어긋나는 건 아닐 것이다. 더구나 들어주기만 한다면 아무 문제가 없지 않을까.

우민은 김승완이 보인 노력과 성의에 최소한의 보답을 해야 할 것 같은 의무감을 느꼈다.

언제나 그랬다.

천재인 자신이 1의 노력을 할 때 범재인 사람들은 10, 아니, 그 이상을 해도 자신을 따라오지 못한다.

그렇다고 그 사람들이 보인 노력을 무시한다는 건 인간으로서의 도리가 아니라 여겼다.

만약 김승완이 가져온 인물 분석이 형편없다면 그때 가서 만남을 파해도 되지 않을까.

'그래, 그렇게 하자.'

그리 길지 않은 침묵의 시간이었지만 김승완은 초조하기만 했다. 혹시나 거절하면 어쩌지. 그러면 정말 그나마 남아 있는 동력마저 재로 변해 모든 것을 포기해 버릴 것만 같았다.

빌고 또 빌었다.

아무런 피드백을 안 주어도 된다.

그저 자신이라는 존재가 여기 있다는 사실만이라도 알아달라!

내 목소리를 들어달라!

누군가 자신이라는 존재가 영화감독이라는 꿈을 위해 열심히 살고 있다는 사실을 알아주는 것만으로도 힘이 날 것 같았다.

그 누군가가 이우민 작가라면?

그것만으로도 다시 도전할 힘을 얻을 것 같았다. 그리고 우민이 천천히 입을 열었다.

"얼토당토하지 않은 이야기를 한다면 그 자리에서 바로 나가셔야 합니다."

"다, 당연합니다. 저도 작가님의 시간을 함부로 뺏고 싶지 않습니다."

"알겠습니다. 한번 들어나 보지요."

우민의 수락이 떨어졌고, 김승완이 자리에서 일어났다.

*   *   *

김승완은 준비해 온 자료는 일절 쳐다보지도 않았다.

"주인공인 아리스 뮤리온은 21살의 청년으로 아버지를 '떨어진 달' 스토리의 핵심 요소인 '달의 조각'에 잃고 어머니마저 정신 질환을 앓게 되는 비운의 청년이라 할 수 있습니다."

우민은 김승완이 가져온 인물 분석에서 눈을 떼지 않고 차근히 읽어나가기만 했다.

겉으로는 듣는지 마는지 알 수 없을 정도로 아무런 미동이 없었다.

"그런 상황이었지만 그는 마을에서 가장 쾌활하기로 소문난 청년으로, 마을의 대소사에 항상 최선을 다해 참여합니다. 그랬기에 마을 어른들이 점찍은 1등 신랑감이기도 하죠."

김승완은 우민의 앞을 걸어 다니며 설명을 이어갔다.

"이런 상황 설명에 따라 유추해 보자면 주인공인 아리스는 쾌활한 것뿐만이 아니라 의지력, 그리고 정신력이 대단하다고 할 수 있습니다. 편모 가정에서 어머니마저 편찮으심에도 불구하고 사려 깊은 행동으로 마을 사람들을 감동시키니까요."

김승완은 책에 나온 이야기에 자신이 생각한 바를 덧붙여 설명해 나갔다.

한 명의 인물을 설명하는 데 거의 30분이 넘는 시간을 떠들어댔다.

그리고 준비해 온 자료 역시 충실하기 그지없었다.

'질은 평범한 수준인데… 양은 가히 압도적이야.'

한 명의 인물에 거의 A4 두 장이 넘는 내용이 적혀 있었다. 인물의 나이에서부터 용모, 성격, 교우관계, 자주 쓰는 말투, 내용상 추측할 수 있는 습관까지 우민이 '떨어진 달'의 영화화를 위해 미리 준비해 둔 인물 분석보다 더 자세하게 적혀 있었다.

그렇다 보니 미처 생각하지 못하고 있던 부분 한두 가지가 눈에 보일 정도였다.

설명을 하던 김승완이 아주 잠시 말을 멈추었다. 목이 탄지 정수기에서 물 한 잔을 받아 마셨다.

마치 작가 그룹의 일원이라고 해도 믿을 정도로 자연스러운 행동이었다.

그러면서도 곁눈질하는 걸 잊지 않았다.

'통한다. 통하고 있어!'

자신이 써낸 극본을 사람들에게 보여줬을 때 아무런 답을 듣지 못했음에도 어떤 느낌인지 알 수 있었다.

지금도 마찬가지였다.

우민이 비록 아무런 말도 하지 않았지만 자신이 인정받고 있다는 사실을 알 수 있었다.

최소한 얼토당토않은 이야기를 하고 있는 건 '아니다'라는 확신이 생겼다.

"그럼 다음으로 주조연급 인물인 '셀레나'에 대해 말씀드리겠습니다."

여전히 아무런 대꾸가 없었지만 김승완은 한층 신이 난 목소리로 떠들어댔다.

*　　　　　*　　　　　*

그렇게 떠든 것이 벌써 2시간을 훌쩍 넘었다. 다른 할 일도 많았기에 더 이상 시간을 할애해 줄 수는 없었다.

우민은 김승완의 발표를 멈추게 하고 말했다.

"남은 이야기는 다음번에 듣기로 하죠."

다음번?

김승완은 속으로 환호성을 질렀다. 이제 서른을 바라보는 스물여덟이라는 나이에 이뤄놓은 거라곤 장완석 감독의 조연출 자리밖에 없었다.

밖에서 보면 천만 감독의 조연출이라니 뭔가 대단해 보일 수도 있지만 실상은 '시다바리' 그 이상도 이하도 아니었다.

어쩌면 그 이상을 바라볼 수 있는 동아줄이 내려온 듯한 착각마저 생겼다.

그러나 우민이 덧붙인 말은 김승완의 착각을 산산조각 내기에 충분했다.

"그때도 이런 평이한 내용이 전부라면 그다음은 없을 겁니다."

김승완이 꿀꺽 마른침을 삼켰다. 담담하게 하는 말이었지만 천둥처럼 크게 들렸다.

"제 시간은 그리 값싸지 않아요."

딸꾹.

7살이나 더 어린 나이였지만 밀려드는 긴장감에 딸꾹질까지 나왔다.

"오디션이 시작되면 이런 시간을 가질 수 없을 테니까 최선을 다해보세요. 혹시 또 압니까. 노력이 하늘에 닿아 감동한

신이 기적과도 같은 선물을 내려주실지."

긴장감으로 굳어 있던 몸이 차츰 풀려 나갔다. 순식간에 천당과 지옥을 오간 기분에 온몸이 땀에 흠뻑 젖었다.

문을 열고 나가자 앉아 있던 2명의 남자와 눈이 마주쳤다.

끄덕.

그리고 또 끄덕.

그 짧은 순간에 공감대를 형성했는지 김승완에게 응원의 눈빛을 보내왔다.

그런 김승완의 등 뒤로 우민의 목소리가 들려왔다.

"함 작가님, 전 작가님. 들어오세요. '들리지 않아도' 드라마 극본 검토 빠르게 하도록 하죠."

재빨리 일어난 두 사람은 우민이 자리하고 있는 방으로 들어갔다. 이번에는 김승완이 그런 둘을 향해 응원의 눈빛을 보냈다.

눈물까지 글썽이며 서 있는 모습에 송민영이 한심하다는 듯 말했다.

"거기 서서 뭐 하세요. 집에 안 가세요?"

"아, 네."

"우민 작가님 말 한마디를 듣기 위해 목숨까지 거는 사람도 있는데 몇 마디 말에 저리 일희일비해서야. 감사하게 생각하고 빨리 성장할 생각을 해야지, 쯧."

송민영의 일침에 김승완이 다급히 작가 그룹 사무실을 벗어났다. 발전이 없으면 내일도 없다.

어렵게 잡은 기회를 놓치고 싶지 않았다.

제2장

기회를 준다 II

한국인 최초 미국 자유 훈장 수상자.

흥행 돌풍 '떨어진 달'의 작가.

뉴욕 타임스 베스트셀러 최장기간 1위.

넷링크 최고 조회 수 'Indignation' 드라마 메인 작가.

전 세계 1억 부 이상 판매량 기록 중.

우민의 프로필이 프로젝터를 통해 스크린에 쏟아지자 강연에 참석한 사람들이 입을 다물지 못했다.

"간략한 제 이력입니다. 아마 이 자리에 참석하신 분들 대다수가 제 팬분들일 테니 모르시는 내용은 없겠죠?"

우민의 농담에 객석에서 약한 웃음이 흘러나왔다.

"강연을 하기 전에 먼저 말씀드릴 게 있어요. '더 디렉터' 아시는 분 한번 손 들어 보시겠어요?"

우민의 말에 객석 곳곳에서 사람들이 손을 들었다.

"많은 참여 부탁드립니다. 연극영화과로 역사와 전통이 깊은 D대 학생들이라면 바로 감독 데뷔를 해도 충분한 역량을 갖추고 있을 거라 생각해요."

솔깃한 사람들의 관심이 한층 집중되었다. 우민은 그런 학생들을 향해 장밋빛 전망만을 내놓지는 않았다.

했던 말 중 유독 한 단어를 한 번 더 강조했다.

"'충분한 역량'이 무엇인지 학생 여러분이 '충분히' 알 것이라 생각하며 오늘 강의를 시작하겠습니다."

몇몇 학생들이 실망감에 입술을 삐죽거렸다.

〈미국 드라마 제작 시스템상에서의 작가와 감독간의 관계〉

우민은 원론적인 내용을 들고 오지 않았다. '시나리오란?', '어떻게 글을 써야 하는가?' 같은 이야기보다는 앞으로 '감독'이라는 자리를 희망하는 학생들에게 어울리는 현장에서 일어나는 일들을 전하고 싶었다. 그래서인지 D대 대강당 객석이 빈틈없이 가득 차 있었다.

뒷좌석.

집중해서 보지 않으면 잘 보이지 않을 구석 한편에서 김승완이 떨리는 심장을 부여잡고 식은땀을 흘리고 있었다.

'설마 장 감독님이 겸임교수로 있는 학교로 찾아올 줄이야.'

상상도 하지 못했다. '천만 감독'이 되기 전에도 충무로에서 꽤나 이름을 날린 감독인 장완석의 또 다른 명함이 바로 'D대 연극영화과 겸임교수'였다.

찔리는 것이 있었던 김승완으로서는 결코 달갑지 않은 만남이었다.

혹여 자신을 보고 아는 척을 하지는 않을까, 구석진 곳에 숨었다. 김승완의 이상 행동을 장완석이 이상하다는 듯 바라보았지만 다행이 크게 신경 쓰는 눈치는 아니었다.

'어차피 알게 될 거……'

이미 오디션에 지원했고, 우민의 작가 그룹 사무실을 제 집 드나들 듯 오가는 중이었다. 장완석이 알게 되는 건 시간문제.

결심을 굳힌 김승완이 마지막으로 마음을 다잡았다.

강연을 하는 우민이 몇 가지 키워드를 꺼내 들었다.

"'집단 작가 시스템', 그리고 '사전 제작'. 이 두 가지가 한국 드라마 제작 과정과 가장 다른 점이라 할 수 있었어요."

스크린에 커다란 두 가지 글자가 선명하게 떠올랐다.

"집단 작가 시스템. 한국도 이와 비슷한 시스템으로 운영되고 있는 것 같기는 해요. 인기 드라마 작가들이 최저임금에도 미치지 못하는 돈을 주고 보조 작가를 채용해서 함께 이야기를 진행시켜 나가니까요."

우민이 살짝 걸음을 옮겨 오른쪽으로 이동했다.

"그러나 미국은 달랐습니다. 확실하게 정해진 임금 체계가 있었고, 아무리 막내 작가라 해도 그 안에서 자신의 권리를 보장받을 수 있어요. 그리고 작가 조합이라는 것이 실질적으로 영향력을 발휘해 부당한 일들에 대해서 보호를 해주고 있습니다."

우민이 리모컨을 눌러 슬라이드를 넘겼다.

"바로 대표적인 예가 하나 있죠. 미국 작가 조합에서 진행한 대규모 파업. 당시에 수많은 방송들이 제작을 하지 못하고 멈추었습니다."

우민이 다시 걸음을 왼쪽으로 옮겼다.

"한국에서는 그런 일이 있었을까요? 아니, 가능하기나 할까요?"

우민의 어조가 약간 격앙되었다. 어쨌거나 우민도 '작가'다.

작가의 입장에서 말을 하다 보니 절로 흥분이 되었다.

다음 키워드인 '사전 제작'에 관해서까지 이야기를 마치고 우민은 Q&A 시간을 가졌다.

질문을 받는다고 하자마자 학생들이 손을 들었다. 우민이 그중 한 명을 지목했다.

짓궂은 미소를 짓던 학생이 마이크를 잡고 말했다.

"항간에 '유민아'와 연애를 하고 있다는 소문이 있는데 한 말씀 부탁드립니다!"

남자 학생의 패기 넘치는 목소리에 여기저기서 응원 소리가 들렸다.

"질문하신 학생분이 아무래도 민아 씨 팬처럼 보이는데 맞나요?"

군대를 다녀온 지 얼마 되지 않았는지 대답하는 목소리도 우렁찼다.

"맞습니다! 중학교 시절부터 열혈 팬입니다!"

뜬금없는 고백에 웃음을 터뜨리는 학생들도 많았다. 우민 역시 짓궂은 미소를 지어 보였다.

"흐음… 어디까지 말씀을 드려야 하나……."

뜸을 들이는 우민의 말에 팬이라는 학생이 꼴깍 침을 삼켰다.

"작품을 함께하다 보면 붙어 지내는 시간이 많아지게 마련입니다. 그렇게 되면 자연히 친밀감이 쌓이게 되죠."

계속 여지를 남기는 말에 학생들의 긴장감도 올라갔다. 대강당의 공기가 약간 팽팽히 당겨지며 조용해졌다.

"그 친밀감을 바탕으로 작품의 완성도를 높였을 뿐입니다. 에미상에 빛나는 '유민아'라는 배우를 더 자세히 알아야 대본을 쓸 때 디테일을 살려 쓸 수 있거든요."

우우우우우!

몇몇 남학생들이 야유를 보냈지만 우민은 꿈쩍도 하지 않은 채 웃으며 말했다.

"하하, 그런 전우애가 컸죠. 스캔들이라니 당치도 않습니다."

우민의 밀당 화법에 객석이 후끈 달아올랐다.

겸임교수의 직함을 달고 맨 앞좌석에서 보고 있던 장완석이 콧방귀를 뀌었다.

'헛바람만 든 배우가 뭐가 그리 대단하다고.'

유민아.

우민이 대본을 쓴 드라마를 통해 신인상까지 수상하는 기염을 토했다. 장완석이 '형사들'을 연출할 당시 캐스팅을 위해 접촉했었지만 역할이 맞지 않는다며 거부당했다.

재차 캐릭터에 대한 수정이 가능하다고 부탁했지만 이번에도 거부.

'감독 알기를 우습게 알고 말이야.'

자신은 천만 감독. 그런 자신의 제의를 거부했다는 것이 두 고두고 괘씸했다.

'저 자식도 괘씸하긴 마찬가지지.'

영 마음에 들지 않았다. 저놈도 자신의 제안을 거부하긴 마 찬가지. 원작이 탐나지만 않았어도 이렇게까지 숙이고 들어가 진 않았을 것이다.

'오디션으로 감독을 뽑는다니, 생각하면 할수록 어이가 없 네.'

그렇게 해서 제대로 된 감독을 뽑을 수 있을 리가 없다. 결 국은 자신에게 감독 자리를 부탁하게 될 거라 믿어 의심치 않 았다.

한국 최고의 감독은 누가 뭐라 해도 바로 자신이니까.

맨 뒷좌석에 앉아 있던 김승완이 손을 번쩍 들었다. 우민이 지목하자 마이크가 넘어갔고, 김승완이 또박또박 말을 이었 다.

"이번에 작가님께서 추진하고 계시는 '떨어진 달'은 제작비 만 천억 원이 넘어가는, 한국 최고의 제작비가 투입되는 역대 급 영화가 될 거라 알고 있는데요. 이렇게 오디션이라는 장치 를 통해서 신인 감독들에게도 기회를 주는 이유가 뭔지 들을 수 있을까요?"

학생들의 시선이 일제히 우민에게로 쏠렸다.

"뿐만 아니라 할리우드 유명 감독들의 제의까지 뿌리쳤다는 사실을 먼저 말씀드리고 싶네요."

보고 있던 장완석이 속으로 욕지거리를 내뱉었다.

'건방진 놈.'

마이크를 잡은 우민이 말을 이었다.

"정말 수없이 많이 들었던 질문입니다. 제가 소속돼 있는 출판사 사장님께는 미친 거 아니냐는 소리까지 들었으니까요."

이야기의 극적 효과를 위해 약간의 과장을 더하자 사람들의 관심이 한층 집중되었다. 왜 이런 일을 벌이는 건지 궁금증이 가득했다.

보고 있던 장완석도 왜 우민이 이렇게까지 하는지가 궁금한지 몸을 쭉 앞으로 내밀고, 경청했다.

"기회를 주고 싶었습니다."

우민은 결론으로 이야기를 시작했다.

"할리우드에 있으면서 우리나라를 떠올렸습니다. 외국 나가면 다 애국자가 된다는 말이 정말이더군요."

그리고 본론으로 들어갔다.

"왜 한국에서는 미국처럼 전 세계에서 히트하는 영화가 만들어지지 않을까? 우리나라의 각본이 문제인가? 아니면 감독? 아니면 자본? 수많은 생각들이 머릿속에서 점멸했습니다."

말을 하던 우민이 갑자기 다리를 들어 바닥을 쾅 굴렀다.

"도대체 왜!"

울분 가득 담긴 목소리에 몇몇 사람들은 깜짝 놀라기까지 했다.

"충분히 할 수 있다고 생각했습니다. 우리나라에서도 할리우드를 뛰어넘는 세계적인 영화가 충분히 나올 수 있다고 생각했습니다."

우민은 굳이 속에 있는 말들을 전부 꺼내지 않았다. 그저 사람들의 애국심에 호소했다.

"아시다시피 제 책은 세계적인 베스트셀러입니다. 검증된 원작으로 제작한다면 우리나라에서도 세계적인 영화가 탄생할 거라 생각했습니다. '칸'이나 '베니스'에서 예술적인 인정을 받는 영화가 아니라 세계인의 입에 오르내리는 재밌는 영화."

우민의 호소는 이제 절정을 향해갔다.

"그들이 열광하는 영화. 그런 영화를 우리 손으로 만들고 싶었습니다."

우민이 말을 멈추자 숨죽이고 있던 객석에서 조금씩 박수 소리가 흘러나왔다.

더 이상 의문을 표하는 사람은 없었다.

대강당에서 오직 한 사람을 빼고는 평이한 분위기 속에 질문이 오갔다. 팔짱을 낀 장완석이 우민을 노려보았다.

'아주 애국지사 나셨네. 애국지사 나셨어. 그렇게 국위 선양하고 싶으면 더더욱 나한테 맡겨야 하는 거 아냐?'

도대체 무슨 생각을 하고 있는 건지 이해가 가질 않았다.

'나보고 신인 감독들이랑 같이 오디션을 보고 경쟁하라고? 말도 안 되는 소리지.'

우민이 하고 있는 행동은 자신과 같은 기성 감독들에게 '작품'을 포기하라는 말과도 같았다.

겸임교수까지 하고 있는 몸이다.

교수가 학생과 경쟁을 한다?

'말도 되지 않는 소리지……'

아!

생각에 빠져 있던 장완석에게 기가 막힌 생각이 떠올랐다. 얼마 전 자신이 제안받았던 심사 위원 자리.

자신을 거부하는 우민이 괘씸하여 심사 위원 자리를 아직 승낙하지 않고, 답변을 차일피일 미루는 중이었다.

'자고로 호랑이를 잡으려면 호랑이 굴로 들어가라고 했지.'

심사 위원으로 있다 보면 어찌 기회가 생길지도 몰랐다.

우민의 강연도 마지막을 향해가고 있었다.

"제가 수미상관을 참 좋아하는데요. 그런 의미에서 마지막 이야기도 오디션에 대해 할까 합니다."

우민이 리모컨을 클릭하자 화면이 다시 한 장 넘어갔다.

"아마 '충분한 역량'에 대한 판단 기준이 어떻게 되는지 궁금한 분들이 많을 거라 생각합니다. 그래서 1차적으로 마련한 것이 여러분들도 인정할 만한 감독님을 심사 위원으로 모시는 겁니다."

다시 리모컨을 누르자 피피티가 한 장 넘어갔다. 피피티에는 물음표가 표시되어 있었다.

"어떤 감독님을 원하십니까? 생각나시는 감독 아무나 말씀해 보시면 됩니다. 맞추신 분께는 소정의 선물이 준비되어 있습니다."

선물이라는 말에 많은 학생들이 손을 들고 여러 감독 이름을 떠들었다.

"최진용 감독님이요!"

"홍수상 감독님일 것 같습니다."

유명 감독들의 이름이 줄줄이 흘러나왔다. 개중에는 앞에 앉아 있는 장완석을 웃게 만드는 학생들도 있었다.

"장완석 감독님이요!"

"저도 장 감독님이요!"

몇몇 학생들의 말에 장완석이 뒤를 보며 손사래를 쳤다. 기분이 좋은지 만면에서 웃음을 감추지 못했다.

"하하, 기회가 되면 저도 한번 참여해 보고 싶네요."

이미 제의까지 받은 상황이었다. 수락만이 남았다. 장완석은 강연이 끝나는 대로 PD에게 연락해 심사 위원 자리를 수락할 심산이었다.

잠시간의 소란이 끝나고 우민이 다시 입을 열었다.

"아, 이거 D대 연극영화과라고 해서 기발한 생각을 가진 학생분들이 많을 줄 알았는데 아쉽네요."

우민이 리모컨 버튼을 누르자 리모컨이 한 장의 사진으로 변했다.

그리고 모두가 두 눈을 부릅뜨고 사진만을 바라봐야 했다.

"여러분들도 익히 아실 겁니다. 마법사 해리의 감독이셨던 제임스 놀란 감독님입니다. 이분이 심사 위원으로 합류할 겁니다."

장완석이 급히 핸드폰을 들어 '더 디렉터' 피디에게 연락을 취했다. '제임스 놀란'이 심사 위원으로 참여한다. 그 옆자리에 있는 것만으로도 자신의 급은 한층 더 위로 올라갈 것임이 확실했다.

$*$ $*$ $*$

제임스 놀란.

마법사 해리의 감독이자 '블록버스터 영화의 정석', '살아 있는 전설', '감독들의 우상', '아카데미 감독상 수상' 등등 그의 앞에 붙는 수식어는 수없이 많았다.

그런 감독이 심사 위원으로 참가한다는 말에 강당에 모인 학생들은 한동안 말을 잇지 못했다. 고요한 정적만이 흘렀다.

제일 뒷좌석에 앉아 있던 김승완도 예상치 못한 인물에 침음성을 흘렸다.

'제임스 놀란 감독이라니⋯ 작품성과 대중성을 모두 거머쥔 감독으로 연출료만 해도 수십억을 받는다고 들었는데⋯⋯.'

이내 이어진 우민의 말에 학생들도 하나둘씩 정신을 차리며 천천히 고개를 끄덕였다.

"제임스 놀란 감독님이 제 작품의 팬이었습니다. 미국에서 생활할 때 쌓은 약간의 친분이 많은 도움이 되었죠. 물론 공짜로 모시는 건 아닙니다. 하하."

농담을 던졌지만 아무도 웃는 사람은 없었다. 그만큼 제임스 놀란이라는 이름이 주는 충격파가 거대했다.

장완석조차 멍하니 화면을 보며 연신 통화 버튼을 누르기 급급했다.

'뭐야, 왜 이렇게 연락이 안 돼.'

자신이 알고 있는 번호로는 도저히 통화가 되지 않았다.

―연결이 되지 않아 삐 소리 후 소리샘으로 연결됩니다.

―연결이 되지 않아 삐 소리 후 소리샘으로 연결됩니다.

몇 번을 전화해도 마찬가지였다. 그사이에도 우민의 강연은 계속되고 있었다.

"저희는 심사의 객관성을 확보하기 위해 제임스 놀란 감독 외에도 몇 분을 더 모셨는데요. 그중 한 분이 바로 이분입니다."

다시 피피티가 넘어가고 사진 한 장이 스크린을 가득 메웠다. 제임스 놀란만큼의 파급력은 아니었지만 두 번째 나타난 인물도 대강당을 들썩이게 만들기에는 충분했다.

"아론 톰슨. 바로 넷링크에서 저와 함께 드라마를 제작하셨던 분인데 이분도 흔쾌히 저와 함께해 주시기로 했습니다."

인물의 면면이 밝혀질수록 초조해진 장완석의 한쪽 다리가 멈출 줄 모르고 떨리기 시작했다.

제임스 놀란에 아론 톰슨. 전 세계 미디어 산업의 중심지라 할 수 있는 할리우드에서도 톱 오브 톱 작가 및 감독이다.

그 생각은 대강당에 자리한 모두가 공통적으로 가지고 있었다. 다들 흥분한 기색이 역력했다.

"이 밖에도 아직 협의 단계라 이름을 밝힐 수는 없지만 이름만 대면 알 만한 여러 감독님들과 협의를 진행 중에 있습니다. 그러니 여러분은 '충분한 역량'만 발휘해 주시면 됩니다. 당장에 역량이 없더라도, 잠재력만 있다면 전폭적인 지원을 통해 세계적인 감독이 될 수 있도록 도와드릴 것을 약속드립니다."

짝.

짝짝.

누군가가 시작한 박수 소리가 금세 대강당을 가득 메웠다.

박수 소리를 뒤로하고 우민이 강당을 나섰다. 다급히 자리에서 일어난 장완석이 우민의 뒤를 쫓았다.

"저기, 이우민 작가… 님."

45살의 장완석. 21살의 이우민.

일찍 결혼을 했다면 아들뻘의 나이 때문일까. 쉽게 님이라는 말이 입 밖으로 나오질 않았다.

뒤돌아선 우민이 답했다.

"아, 장 감독님."

헐레벌떡 뛰어오는 바람에 잠시 숨을 고른 장완석이 말을 이었다.

"하하, 이렇게 실제로 뵈니 실물이 훨씬 훤하시군요. 작가님 작품은 재밌게 봤습니다."

"하하, 그런 말 많이 듣습니다. 재밌게 읽으셨다니 다행이네요."

우민의 반응에 장완석이 일순 대꾸를 하지 못하고 헛웃음을 흘렸다.

"하하, 하하하. 그, 그렇군요."

서로의 대리인을 통해 나눈 대화가 그리 신통치 않았기에 장완석이 우민을 실제로 본 건 이게 처음이었다.

확실히 소문대로 독특하다는 생각을 하며 빠르게 말을 이었다.

"이번에 '더 디렉터' 심사 위원으로 함께하게 될 것 같아 미리 인사도 나눌 겸해서. 하하."

차일피일 미루던 심사 위원 자리였다. 아직 메인 PD와 결정한 것도 아니었다.

장완석은 밀려드는 머쓱함에 머리를 긁적였다. 그러나 이내 표정을 굳힐 수밖에 없었다.

"어? 그래요? 제가 들었던 거랑 약간 다른 내용인데……."

"…네?"

"제가 아까 말씀드린 심사 위원 두 분은 확정됐고, 또 다른 두 분도 이미 정해졌다고 들었거든요. 최종 조율 중이라 오늘 내일 내로 보도 자료 배포한다고 했었는데… 그새 바뀌었나……."

장완석의 두 귀가 홍당무처럼 변해갔다. 민망함에 분노가 뒤섞여 절로 숨소리가 거칠어졌다.

장완석은 마지막 남은 자존심을 지키고 싶었다.

"중… 간에 혼선이 있었나 보군요. 하, 하하."

다음 스케줄이 또 있었던 우민이 짧게 목례를 하고 자리를 벗어났다.

덩그러니 남겨진 장완석은 다시 핸드폰을 들어 여전히 통화가 되지 않는 신 PD에게 전화를 걸었다.

＊　　　　＊　　　　＊

어두운 밤.

멋들어진 샹들리에가 방 안을 밝히고 있는 술집.

몸의 굴곡을 완연히 드러내는 원피스를 입은 여자들이 쉼 없이 잔에 술을 채웠다.

탁.

채워지자마자 비워진 술잔이 탁자 위에 거칠게 떨어졌다.

"형님, 이게 말이나 됩니까?"

장완석의 앞자리에 앉아 있던 장완웅이 앞에 놓인 술잔을 집어 들었다.

"야, 그쪽은 종편도 아니라서 내 말이 먹히는 곳이 아냐. 너도 알다시피 시대가 변하고 있잖아."

장완웅.

거대 미디어 그룹 CG미디어의 회장으로 장완석의 형이었다. 방송, 영화, 극장, 출판, 음악 등 CG미디어의 힘이 미치지 않는 곳이 없었다. 그런 장완웅의 힘을 바탕으로, 장완석은 감독으로 빠르게 성장했다.

장완석이 영화를 만들기만 하면 CG미디어에서 배급을 맡아 전체 상영관의 과반 이상을 차지하고 있는 CGM에서 영화를 틀어버리니 일정 수 이상의 관객을 확보하는 건 누워서 떡 먹기였다.

오죽하면 충무로라는 말이 '장무로'라는 은어로 암암리에 불리고 있었다.

"거기 심사 위원 자리가 그렇게 어렵습니까? 천만 감독 타이틀이 있는데도 안 됩니까?"

장완석의 불평에 장완웅이 다시금 술잔을 들었다 거칠게 내려놓았다.

탁.

옆에서 시중을 들던 긴 생머리에 빨간색 립스틱, 검정색 원피스를 입은 여자가 재빨리 술잔을 채웠다.

"내가 직접 신 PD한테 연락까지 넣었어. 그런데도 안 된다고 하더라. 그 뭐야, 우민? 그 작가라는 놈이 이미 다 정해놨다더라."

"이런 씨발!"

콰앙.

화가 난 장완석이 있는 힘껏 탁자를 내려쳤다. 탁자 위의 물건들이 살짝 공중으로 떴다가 내려앉았다.

갑작스러운 소란에도 옆에 앉은 여자들에겐 익숙한 장면인지 한 치의 미동도 없었다.

"후우, 후우."

장완석의 투박한 손이 옆에 앉아 있던 여자의 앞섶을 빠르게 파고들었다.

그렇게 보드라운 젖무덤을 수차례 헤집고 나서야 진정이 되는지 숨소리도 안정을 찾아갔다.

"너무 흥분하지 말고, 떠나간 배라 생각하고 차기작 준비나 잘하자."

이성적인 장완웅의 말에 장완석의 가라앉은 흥분이 다시 솟아올랐다.

"형님, 할리우드입니다. 거우 천만에 최고라는 호칭을 붙이는 충무로가 아니라 '영'이 하나 더 붙어서 '억'이 넘어야 순위권에 들 수 있는 세계라고요."

"그러니까, 차기작 준비나 하라는 거잖아. 내가 널 몰라? CGM에서 안 틀어줬으면 천만 될 수나 있었어?"

"형님!"

"다 너 생각해서 하는 말이야. 황새가 뱁새 따라가다가 가랑이 찢어져. 이번에도 네 영화에 투자한 원금 뽑아내느라, 회사 자원을 얼마나 투자했는지 알긴 해?"

장완웅의 말에 몸을 부르르 떨 뿐 장완석은 아무 말도 하지 못했다. 술에 취했지만 장완웅의 말을 거역했을 때 어떤 일이 벌어지는지 몸이 기억하고 있었다.

있는 힘껏 잔을 집어 위스키를 단숨에 삼켰다. 식도의 뜨거움이 정신을 깨웠고, 이내 밀려오는 알코올의 몽롱함이 전신을 이완시켰다.

"형이 한 번 더 알아봐 줄 테니까. 너무 신경 쓰지 마라. 할리우드? 그거 별거 아니다. 이번에 잘 안 된다고 해도 차차 갈 수 있도록 플랜 짜고 있으니까. 지금처럼 천만 영화나 쭉쭉 뽑아내란 말이야. 형 믿지?"

이때 해야 할 대답은 하나다. 다른 대답은 허용되지 않았다.

"믿습니다."

"그래, 오늘은 마시고 즐기자. 야! 애들 몇 명 더 들어오라 그래. 우리 완석이 천만 찍은 날인데 아주 뿅 가게 만들어줘야지."

이내 줄줄이 여자들이 방으로 들어왔고, 술자리는 아침 해가 뜨도록 끝나지 않았다.

*   *   *

다음 날.

김승완은 밤을 새워서 우민에게 브리핑할 자료를 만들었다.

아론 톰슨에 제임스 놀란이 심사 위원이라니!

몇 푼 쥐어주는 돈으로 움직이는 사람들이 아니었다.

누구나 엄지를 치켜들게 만드는 우민의 능력이 있었기에 섭외가 되었을 것이다.

현재 우민의 위치가 어느 정도인지 다시 한번 실감되는 순간이었다.

동아줄도 그냥 동아줄이 아니었다. 금, 아니, 다이아몬드 동아줄. 목숨을 다해 잡아야 했다.

"이건 제가 나름대로 구상해 본 신들입니다."

인물 분석에서부터, 극본, 그리고 이제는 각 신들을 직접 그려 가지고 왔다. 잠은 브리핑이 끝나고 자도 된다고 생각했다. 밤새 고민에 고민을 거듭해 각 신들을 직접 그렸다.

그런 노력에 우민도 놀랐는지 흠칫거리는 게 느껴졌다.

"여기 중간 부분에서 화면은 '롱 테이크'로 잡아봤습니다. 어쩌면 하이라이트라고 할 수 있는 주인공의 전투 장면이니까요. 하지만 이 소설의 묘미인 긴박감, 박진감을 자칫 해칠 수도 있으니 시간 조절을 잘해야 하는데 어느 정도로 구성할지는 좀 더 연구를 해봐야 할 것 같습니다."

"흐음……."

우민은 여전히 아무런 코멘트를 달지 않았다. 그러나 속으로는 어지간히 놀라는 중이었다.

'정말 노력 하나만큼은… 누구보다 뛰어나. 아주 조금이지만 매번 발전하고 있는 모습도 보여주고 있고.'

김승완은 지금의 생활에 완벽하게 적응했다. 그렇다고 익숙함에 정체되어 있는 건 아니었다. 어제보다 나은 결과를 매번 가져왔다. 달라진 점은 그것만이 아니었다.

"작가님이 생각하시고 있는 그림이 있다는 사실은 예전 장 감독님 계약 협의 건 때 대표님과 만나서 충분히 들었습니다. 제가 만들어 온 건 작가님의 생각에 근접하기 위한 일종의 초안이라 생각해 주시면 되겠습니다."

묵묵히 듣고만 있는 우민의 일관된 반응에도 전혀 주눅 들지 않고 당당하게 말을 이어나갔다.

그간 이곳을 출입하며 우민이 결코 비상식적이거나 비합리적인 일을 시키지 않는다는 사실을 깨달았다.

그뿐만 아니라 능력이 없다고 무시하거나 실력이 떨어진다는 이유로 깔보지 않는다는 사실도 알았다.

오히려 성장을 위한 기회를 주려 했다. 매우 써 쉽게 삼키기 힘든 기회였지만 그 끝에는 분명 달콤함이 있었다.

"흐음……."

이야기를 하면서도 수시로 시계를 확인하던 김승완이 말을 이었다. 어느새 약속된 2시간이 벌써 지나 버린 것이다.

"벌써 2시간 다 됐네요. 오늘은 여기까지 하겠습니다."

우민의 강연 때문일까.

김승완의 열정은 뜨겁다 못해, 주변의 모든 것을 태워 버릴 듯 활활 타오르는 중이었다.

일주일에 세 번씩 2시간.

김승완은 자신의 모든 것을 거기에 쏟아부었다.

*   *   *

드르륵.

드르르륵.

드르륵.

김승완이 돌아가고 다시 작업에 열중하려던 우민은 급하게 울리는 핸드폰을 확인했다.

발신자를 확인해 보니 신 PD. 허튼 일로 자신을 귀찮게 할 사람이 아니었기에 우민이 전화기를 들었다.

"네. PD님."

—야, 네 덕분에 일이 얼마나 많아졌는지 알아? 그래놓고 자기는 쏙 빠져 있고. 이 녀석이 미국 갔다 오더니 아주 일 시키는 법만 배워왔어.

신 PD의 하소연에 우민이 슬쩍 웃으며 말했다.

"하하, 그게 다 PD님 도와드리고 싶은 마음에서 그런 겁니다. 제임스 놀란, 아론 톰슨 그 둘의 출연만으로도 신 PD님이 지금까지 찍으신 최고 시청률을 가뿐히 뛰어넘지 않겠습니까?"

—아휴, 이걸 말이라도 못하면 밉지라도 않지.

"하하, 최고의 재료를 준비해 드렸으니, 요리는 PD님이 하시는 겁니다. 이런 엄살 피우려고 전화하신 건 아닐 테고, 어쩐 일이십니까."

어디론가 이동하더니 문이 닫히는 소리가 들렸다. 그걸로도 모자란지 목소리의 볼륨이 주의를 집중하지 않으면 들리지 않을 만큼 작아졌다.

—지난번에 말했던 CG미디어 회장님 기억나?

유쾌한 기억이 아니었기에 굳이 답하지 않았다. 침묵을 곧 긍정이라 생각한 신 PD가 말을 이었다.

—또 연락 왔다.

보나마나 똑같은 부탁이 뻔했다. 우민은 즉각적으로 답했다.

"싫다고 하세요. 자꾸 무슨 말도 안 되는 일을 '부탁'이라는 핑계로 들먹이는지."

—그거야 그런데… 천만 감독 타이틀도 있고, 그리 나쁜 제안은 아니지 않을까? 그리고 왜 요즘 핫한 감독이잖아. '형사들' 인기 너도 알지?

'형사들'에 나온 대사 중 하나인 '따라와'가 각종 방송가에 유행어처럼 번졌다.

뿐만 아니라 감독도 직접 만나본 사이. 그때의 인상도 그리 좋지 않았다.

"알죠. 그래 봤자 천만입니다. 여기서는 천만이라는 숫자가 어디서든 먹히는 만능 치트키일지 몰라도 범위가 전 세계로 넓어지면 달라져요."

우민이 조곤조곤 말을 시작하자 전화기 너머에는 침묵만이 가득해졌다.

"우리나라에서 크게 성공을 거둔 작품이 해외에 나가서 잘 된 경우가 있나요?"

우민의 열변에 침묵은 계속되었다. 아무 말도 하지 못하는 신 PD를 향해 우민이 말을 이었다.

"극장을 잡는 데 어려움이 많다, 해외 관객의 정서를 관통하는 데 어려움이 있다는 등의 핑계는 듣고 싶지 않습니다."

결국 천만 관객을 동원했다는 타이틀로 심사 위원의 자리를 넘보지 말라는 뜻이었다.

"제임스 놀란, 그리고 아론 톰슨이 심사 위원으로 참여하는 자리입니다. 그런 어중이떠중이를 재벌 회장의 입김에 넣을 수는 없습니다."

한순간에 장완석을 어중이떠중이로 만들어 버렸다.

—아무리 그래도… 장완석 감독 정도면 어중이떠중이는…….

우민이 신 PD의 말을 끊고 들어갔다.

"제가 모를 줄 압니까? 그 형 장완웅 회장이 보유하고 있는 CG미디어가 물심양면으로 장완석을 도와주고 있다는 사실을? 회사가 보유하고 있는 극장에서 전폭적으로 장완석의 영화를 틀어주고 있는 현실을 모를 거라 생각했다면 오산입니다."

우민이 좀 과하다 싶을 정도로 신 PD를 몰아쳤다.

"PD님께서 중간에 난처하실 걸로 생각됩니다. 그러니 다 제 탓으로 돌려주세요. 완전 '미친놈'이라 도저히 말이 통하지 않는다. 그렇게 말씀하셔도 됩니다."

우민의 의도를 알아차린 듯 신 PD도 더 이상 장완석의 출연을 권유하지 않은 채 전화를 끊었다.

　　　　*　　　　　*　　　　　*

　비서실을 통해 연락을 받은 장완웅은 거칠게 수화기를 내려놓았다.

　"건방진 자식이 이런 좋은 기회를 줘도 걷어차?"

　장완석을 맨입으로 발탁해 달라는 건 아니었다. 귀가 혹할 만한 다양한 조건들을 제시했다.

　제작비를 부담하겠다.

　방송 앞뒤 광고는 얼마가 됐든 CG미디어에서 사겠다.

　필요한 각종 촬영 장소들을 제공하겠다.

　그 외에도 수많은 조건들을 제시했지만 결국 거부당했다.

　"제임스 놀란이나 아론 톰슨을 섭외한 걸 보면 확실히 능력은 있는 것 같단 말이야."

　제임스 놀란.

　할리우드의 유명 감독으로 자신도 익히 아는 이름이었다. 기회가 된다면 영화 제작에 투자를 하고 싶은 생각도 있었다.

　그리고 아론 톰슨이라는 이름 역시 알고 있었다.

　"하지만 여기는 한국이란 말이지. 누구도 아닌 문화, 예술 산업의 1인자는 바로 나고."

　장완웅이 들고 있던 펜으로 책상을 톡톡 두드리며 생각에 잠겼다.

CG미디어는 미디어 산업에만 발을 뻗치고 있는 게 아니었다. 한국의 재벌답게 문어발식으로 출판, 유통, 서점가에도 다리를 걸쳐두었다.

그렇다는 말은 국가 권력 기관과도 선이 맞닿아 있다는 뜻이다.

"1인자의 말을 거역하면 어떻게 되는지 똑똑히 알게 해줘야겠어."

장완웅이 내려놓았던 수화기를 다시 들었다.

"일단은 가벼운 잽부터 시작해 볼까."

＊　　　　　＊　　　　　＊

오늘은 금요일.

한가로운 듯 바쁜 오후였다.

W 출판사 회계 팀 직원 강수연은 이번 달에 들어온 작가들의 인세를 빠르게 정리해 나갔다.

"역시 우민 작가님 수입은 넘사벽이군……."

다른 작가들과는 비교 자체를 거부하는 매출을 올리고 있었다. W 출판사에 소속된 작가들의 수입이 대부분 한국 이북 시장에서 발생한다면 우민의 수입은 전 세계에서 종이책, 이북 가리지 않고 들어왔다.

"개인 사업자로 이걸 처리하시려면 세금도 엄청나게 내실 텐데……."

개인 사업자의 종합소득세 최고 세율은 38%. 법인은 200억까지 20%의 세율이 적용된다.

단순 수치로만 보면 거의 반이 넘는 절세 효과를 누릴 수 있는 것이다.

"내가 상관할 바는 아니지."

W 출판사라는 법인으로 들어온 수입은 일정액을 떼고 우민이라는 개인 사업자에게 흘러들어 간다.

강수연이 지적한 것은 우민이 아직 개인 사업자로 활동하고 있는 부분이었다.

"휴우!"

겨우 일을 다 마치고 시계를 확인해 보니 오후 4시. 퇴근까지 2시간이 남았다.

이제 조용히 2시간이 지나가기만 하면 불금의 시작.

강수연은 커피 한 잔을 마시기 위해 자리에서 일어났다.

벌컥.

순간 사무실 문이 열리며 양복 입은 사람들이 들이닥쳤다.

"국세청에서 나왔습니다. 협조 부탁드립니다."

자리에서 일어난 강수연이 꿀꺽 마른침을 삼켰다. '불금'. 어쩌면 일과 함께하는 불금이 될지 모른다는 예감이 강하게 들었다.

*　　　　*　　　　*

〈유명 연예인 K 모 씨 세금 탈루 조사 중〉
〈수년간 탈루액만 수억 원대〉
〈국세청, 유명 문화 예술인 일제 조사 실시〉

바로 다음 날 실검 1위를 장악한 건 '김근우'라는 유명 연예인이었다. K 모 연예인이 김근우라는 루머가 인터넷상에 떠돌았기 때문이다.

이번에는 아니 땐 굴뚝이 아니었는지 '김근우'라는 이름의 꽃미남 연예인이 매니저와 함께 회의실에서 초조함을 감추지 못하는 중이었다.

"뭐야, 이게. 도대체 어떻게 된 일이야! 그쪽은 회사에서 알아서 해주는 거 아니었어?"

매니저도 할 말이 없는지 궁색한 변명만을 늘어놓았다.

"그, 그게 자세히 알아봐야겠지만 대부분 사장님께서 처리하시는 거라서요."

자신은 관계가 없다. 사장과의 선을 명확하게 그었다.

"사장님은? 지금 소속사 연예인 이미지가 바닥을 치게 생겼는데 어디서 뭘 하길래 코빼기도 안 보이는 거야."

이미 K 모 씨 연예인을 '김근우'라 확정 지은 대중들은 대량의 악플을 양산하는 중이었다.

─생긴 것부터 얍삽하게 생기지 않았냐? ㅇㅈ?

─김근우 빠순이 부대 출동해서 댓글 다는 수준 봐라. 우리나라 국세청이 만만해 보이냐?

─K 모 씨 말고 국회 의원들도 세무조사 한번 하자.

끝도 없이 달리는 악플에 김근우는 댓글을 확인할 생각도 하지 못했다.

초조하게 앉아 있는 둘에게 드디어 기다리던 사람이 나타났다.

"사장님!"

문을 열고 들어온 남자는 초췌한 행색에 양복 넥타이는 풀어 헤쳐져 있었다.

그간의 고초를 쉬이 짐작할 수 있었다.

"너 때문에 내가, 어휴, 말을 말자. 말을 말아."

사장을 보자마자 김근우가 마치 따발총처럼 말을 쏟아냈다.

"왜요, 이게 무슨 일입니까? 이쪽은 회사에서 처리해 주는 거 아니었어요? 지금 제 연기 인생이 끝나냐 마냐 기로에 서 있단 말입니다. 뭐라고 빨리 말 좀 해보세요!"

김근우가 윽박을 지르자 자리에 앉아 목을 축인 사장이 오히려 더 목청을 높였다.

"야! 그러기에 내가 '형사들' 까지 말라고 경고했지? 이제 인기 좀 생기니까 눈에 뵈는 게 없냐? 자기의 꽃미남 이미지랑 안 맞아서 못 해?"

"그, 그 얘기가 지금 왜 나옵니까……."

"장완석 감독 형이 누구야?"

김근우는 잘 기억이 나지 않는지 옆에 앉아 있던 매니저를 흘깃거렸다.

상황을 눈치챈 매니저가 나직이 탄성을 터뜨렸다.

"그, 그럼 설마 장완웅 회장이……."

"그래. 일이 그렇게 됐다. 시범 케이스로 재수 없이 걸린 거야."

"아무리 그래도 그렇지… 이런 상황이 말이 됩니까?"

"말이 안 되는 일을 말이 되게 하는 거. 그게 바로 그쪽 사람들 아니냐."

일순 대화에 배제된 김근우가 어리둥절해하며 둘을 바라보았다.

"뭐야. 무슨 말이야, 그게. 빨리 설명 좀 해봐."

사장은 답답하다는 듯 담배를 입에 물었고, 아직 상황을 이해하지 못한 김근우는 매니저를 닦달했다.

*   *   *

서울 시내 모처.

장완웅이 직접 술병을 들어 술을 따르고 있었다.

"하하, 공사다망하신 국장님께 '더 좋은 걸 대접해 드려야 하는데 이거 송구스럽습니다."

앞에 앉아 있던 국세청 조사국장이 비열해 보이는 미소를 보이며 빠르게 잔을 들었다.

"아닙니다, 회장님. 회장님이야말로 국가 경제를 위해 힘쓰시느라 얼마나 바쁘신지 제가 감히 짐작도 되질 않습니다."

서로의 얼굴에 금칠을 하기 바빴다. 그렇게 한동안 인사치레를 나눈 후 조사국장이 먼저 감사를 표했다.

"앞으로도 저희 아들놈 잘 좀 부탁드립니다. 아직 부족한 게 많습니다."

"하하, 오히려 제가 더 잘 부탁드립니다. 국장님을 위한 자리도 언제나 준비되어 있으니 필요하실 때 말씀하십시오."

"'김근우' 건은 정말 먼지가 많더군요. 원하는 '선'이 있으시면 조율해 보겠습니다. 다른 건은 현재 조사 중인데 최대한 우선적으로, 아마 오늘이나 내일 중에 결과가 나올 겁니다."

조사국장이 말을 마치기도 드르륵거리며 전화가 울렸다.

"하하, 결과가 나왔나 봅니다. 함께 들어보실까요?"

조사국장이 핸드폰을 내려놓고 스피커폰 기능을 ON시켰다.

─국장님, 이우민 작가 조사 결과가 나와서 연락드렸습니다.

"결과는?"

─그게…….

"뜸 들이지 말고 빨리 말해봐."

앞에 앉아 있던 장완웅을 배려해서인지 한마디를 덧붙였다.

"짧고 간단하게."

─그럼 짧고 간단하게 말씀드리겠습니다. 이 친구 모범 납세자상을 줘야겠는데요?

"뭐, 뭐?"

─세금을 내도 너무 많이 냈습니다. 그 흔한 절세 전략 하나 쓰지 않고요.

일순 서울 시내 모처 한정식 집에서 정적만이 흘렀다.

제3장

모범 시민 I

　아침부터 작가 그룹 분위기는 침울했다. 글을 쓰던 전석영
이 조용히 함수호에게 물었다.

　"형, 뉴스가 사실일까요? 아무리 생각해도 작가님이 그럴
분이 아닌데……."

　"기다려 봐야지. 일단 세무조사를 받았다는 건 팩트니까.
결과가 나오지 않겠어?"

　"그래도… 털어서 먼지 안 나오는 사람 없다는데 작정하고
털면……."

　그런 둘의 대화에 카타리나가 끼어들었다.

"그놈, 그거 바늘로 찔러도 피 한 방울 안 나올 녀석이에요. 먼지? 그런 게 '안 나온다'에 한 달 치 커피 내기 어때요?"

작가 그룹에 출근한 사람들 중 카타리나만이 생글거리며 웃고 있었다.

오히려 우민의 '고난'을 내기의 대상으로까지 생각했다. 전석영이 말도 되지 않는다는 듯 반박했다.

"에이, 아무리 그래도. 그건 아니죠. 작가님 수입이 얼만데 절세한다고 몇 가지 시도만 하셨어도 그게 바로 발목을 잡는 스모킹 건이 되는 겁니다."

"쫄려요?"

카타리나는 여전히 웃고 있었다. 아침부터 카타리나의 상큼한 미소를 보자 전석영은 기분이 좋아짐과 동시에 닿을 수 없는 벽에 대한 약간의 질투심이 생겼다.

"제가 물론 작가님을 존경하고, 또 그럴 일이 없다는 걸 믿고 있지만 이 세금 신고라는 게 작가님이 직접 하시는 것도 아니지 않습니까."

자리에 앉아 빠르게 키보드를 두드리던 송민영도 우민을 두둔했다.

"저도 우민 작가님이라면 털어도 '먼지 한 톨 나오지 않는다'에 한 달 커피권 걸겠습니다."

너도나도 내기에 참여하자 세 명의 시선이 함수호에게 쏠렸다.

"형은? 형은 어떻게 생각하는데?"

"나, 나는……."

이건 뭔가 이겨도 찝찝할 것 같은 기분이 들었다. 마치 월드컵에서 한국이 질 거라는 데 내기 돈을 거는 듯한 느낌?

짧은 순간 생각을 마친 함수호가 멋쩍게 웃으며 말을 이었다.

"그래도 아주 작은 먼지 하나쯤은 나오시지 않을까? 아무래도 규모가 커지다 보면… 관리가 어려울 테니까요."

함수호까지 의견을 표하자 카타리나가 회심의 미소를 지으며 말했다.

"오케이, 거기까지. 그럼 내기 성립!"

아침부터 활달한 카타리나였다.

*　　　　*　　　　*

출근한 조사국장은 바로 실무자 회의를 소집했다.

"모범 납세자상이라니, 자세하게 설명해 봐."

조사를 맡았던 담당자가 들고 온 서류를 확인하며 말했다.

"그 흔한 절세 방법 하나 쓰지 않았습니다. 소득의 원천이 되는 인세에서 비용 처리된 게 거의 없어요. 가족을 근로자로 등록해 비용 처리를 한다거나, 차를 리스해 실제로는 개인용으로 쓰면서 업무용으로 썼다고 하는 일이 일체 없습니다."

이대로 포기할 수 없었던 조사국장이 담당자가 올려둔 서류를 살펴보았다.

"비용 처리된 거는? 거기서도 건질 게 하나도 없었단 말이야?"

"국장님도 아시다시피 이 '인세'라는 게 참 애매합니다. 책을 쓰는 데 드는 비용이라는 게 코에 붙이면 코걸이, 귀에 붙이면 귀걸이가 되잖아요."

대답은 하지 않고 다른 말을 하는 담당자를 조사국장이 다그쳤다.

"그러니까 그 비용에 뭐가 있었냐고."

"기부금이요."

"뭐?"

"기부금으로 세액 공제 받으셨더라고요."

일순 조사국장도 할 말을 잃고, 꿀꺽 마른침을 삼켰다.

대부분의 사람들이 최대한 많은 비용을 인정받기 위해 세법을 이용한다.

그리고 과다 계산만 되지 않는다면 국세청에서도 일일이 트집을 잡지는 않는다. 조사 비용이 더 크기 때문이다. 그런 게 바로 일반적인 형태였다.

조사국장이 노린 점이기도 했다.

지적을 하기에도, 그렇다고 놔두기에도 애매한 비용들에 대해 엄격하게 법의 잣대를 적용해 세금을 추징하려 했다. 그리고 우민에게 약간의 창피를 주려고 했다.

"이게 말이나 되는 일이야……."

이 친구는 수십억의 수입을 올리고 있음에도 전혀 비용 처리를 하지 않았다. 그나마 세액 공제를 받은 항목이 기부금이라니.

"38%의 세율을 꼬박꼬박 지키면서 세금을 냈습니다. 보니까 그간 낸 세금만 해도 얼추… 백억이 넘어가네요."

"……."

사무실에 정적이 찾아왔다. 다들 국세청이 만들어진 이래 이렇게까지 세금을 낸 사람이 있을까 곰곰이 생각해 보았다.

아무리 생각해도 그런 사람은 없었다.

"제가 어제 전화로 모범 납세자상을 거론했던 이유입니다."

담당자가 쐐기를 박았다.

*　　　　*　　　　*

아침 11시.

우민이 작가 그룹 사무실로 출근하는 시간이었다. 아침잠이 많은 우민은 10시쯤 일어나 씻고 작가 그룹 사무실로 운동 삼아 자전거를 타고 온다.

오늘도 마치 시계처럼 정확하게 오전 11시. 사무실 앞에 도착했다.

"왔다!"

문을 열자마자 귀에 못이 박힐 정도로 들었던 목소리가 자신을 반겼다. 문 앞에서 싱글벙글거리는 얼굴로 자신을 보고 있는 카타리나를 보며 불길한 예감이 엄습했다.

"또… 무슨 일이지?"

"넌 뉴스도 안 보냐? 어제 장난 아니었는데. 세무조사 받았다며, 결과는? 응? 결과는 어떻게 됐어?"

카타리나가 마치 똥 마려운 강아지처럼 우민의 앞에서 알짱거렸다.

"아직 며칠도 안 됐는데 결과가 어떻게 그리 빨리 나오냐."

"왜, 여긴 한국이잖아. 주문하자마자 아줌마 빨리요! 빨리 빨리, 결과도 그렇게 빨리 나오는 거 아냐?"

기가 찬 우민이 할 말을 잃고 멍하니 카타리나를 바라보았다.

"뭐야, 오늘 유달리 이뻐 보여?"

"어째 넌 나보다 더 한국 사람 같냐."

"헤헤, 내가 적응력이 좀 빠르잖아. 진짜 결과 안 나왔어?"

우민이 빠르게 사무실을 훑었다. 아무리 생각해도 자신을 걱정해서 하는 말은 아니었다.

카타리나의 성격으로 볼 때 이건…….

"나도 조사 결과 나올 게 없다는 데 건다."

우민의 말에 일동 소리쳤다.

"작가님!"

"그러니 걱정 말고, 내기 진 사람 어서 임무 수행할 수 있도록 해요."

뒤돌아선 카타리나가 전석영을 보며 주문했다.

"나는 휘핑크림 잔뜩 올라간 캐러멜 마키아토에 샷 추가해서!"

우민의 확답에 전석영이 터덜터덜 발걸음을 옮겼다. 작가 그룹 사무실 내에서 우민에 대한 믿음이 그 정도였다. 우민이 아니라고 하면 아닌 것이다.

전석영이 사온 아이스 라떼를 한 모금 채 들이켜기도 전에 다급한 표정의 손석민이 사무실로 들이닥쳤다.

"야! 왜 이렇게 연락이 안 돼!"

"글 쓰는 시간에는 전화기 꺼놓는다고 말씀드렸잖아요."

"그래도 비상 상황이 생길 수도 있는데 최소한의 수단은 마련해 놔야지!"

고함을 지른 손석민이 목이 탄지 앞에 있던 아이스 라떼를 벌컥벌컥 들이켰다.

금세 바닥을 드러낸 라떼를 우민이 아깝다는 듯 바라보았다.

"걱정 마세요. 아무 일 없을 겁니다."

"털어서 먼지 안 나오는 사람 봤어? 어떻게 걱정을 안 해. 국세청에서 아주 작정을 하고 덤벼드는 것 같던데."

우민도 한 번쯤 '털어서 먼지 안 나오는 사람 없다'라는 소리를 들은 기억이 있었다.

"그럼 그런 사람 처음으로 보시는 김에 커피나 쏘시죠."

여전히 여유로운 우민의 말투, 행동이 손석민의 달아올랐던 흥분을 차츰 가라앉혔다.

"저, 정말이냐? 정말 문제 될 게 없어?"

"정 궁금하면 회계사한테 물어보면 되잖아요."

"그러니까 내가 하고 싶은 말이 그거다. 어서 담당 회계사 좀 오라고 해봐."

똑똑똑.

"마침 도착했네요."

우민의 담당 회계사가 문을 열고 들어왔다.

*　　　　*　　　　*

한발 앞서 세무조사 결과를 받아 든 장완웅도 놀라움을 금치 못했다.

"세상에, 이런 미친놈이 있나."

W 출판사를 통해 들어오는 인세 수입을 그대로 소득으로 신고했고, 그에 따른 세금을 분납도 아닌 일시불로 납부했다.

이 정도 규모면 법인을 세우거나, 가족을 고용한 것으로 처리하는 방법 등으로 수십억의 세금을 아낄 수 있었을 것이다.

그러나 일절 그런 처리를 하지 않고 세금을 납부해 지금까지 납부된 액수만 백억을 넘어갔다.

"이거 자칫 죽 쒀서 개 준 꼴이 되겠어."

그것만으로도 놀라운데 더 놀라운 일이 기다리고 있었다. 비용 처리 항목이 오로지 기부금밖에 없었다.

이 사실이 외부로 흘러나간다면 언론은 미친 듯이 떠들어 댈 것이다.

〈타의 모범이 되는 이우민 작가. 세금도 제대로〉
〈국세청 모범 납세자로 이우민 작가 검토〉
〈세무조사 결과 오히려 미담만 잔뜩 발굴〉

그 외에도 수많은 기사들의 타이틀이 장완웅의 머리를 스처 지나갔다.

"젠장, 이놈은 도대체 무슨 생각으로 사는 거야. 정말 글밖에 모르는 천재 작가야?"

도무지 무슨 생각을 하고 사는 건지 이해가 가질 않았다. 자신이 만난 자본을 사랑하는 예술과는 다른, 정말 예술만 하는 천재적인 작가인 걸까?

· "그래서 그렇게 건방진 건가."

약간은 이우민이라는 인물이 이해되는 것 같았다.

그래도 패씸함이 사라지는 건 아니었다.

"이걸로 끝내고, 도움의 손길을 주려 했건만… 아무래도 다음 시나리오를 써야겠어."

자신이 일으킨 대한민국의 문화계에 천둥벌거숭이가 날뛰는 꼴을 보고 싶지 않았다.

장완웅이 또다시 전화기를 들었다.

*　　　　*　　　　*

CG문고 강남점 점장 진민섭은 방금 하달된 VIP 지시 사항이 순간 이해되지 않아 되물었다.

"정말 매대에서 죄다 빼라는 말씀이십니까?"

들려온 대답은 같았다. 현재 서점에서 가장 많은 매출을 올리고 있는 책을 빼라니 이게 무슨 청천벽력 같은 말인가.

매출은 곧 점장의 실적.

우민의 책을 뺀다면 인사 평가에서 마이너스가 될 게 불 보듯 뻔했다.

전화를 끊은 점장은 이해가 되지 않는 지시에 욕이 나오려는 걸 겨우 참았다.

"뭐 이딴 지시가 다 있어."

상명하복의 조직에서 독단적으로 일을 벌일 수는 없는 일. 점장은 영업시간이 끝나자마자 직원들에게 지시해 우민의 책을 안 보이는 곳으로 빼고 찾는 손님이 있어도 재고가 없다는 말로 응대하라는 내용을 하달했다.

다음 날.

CG문고 강남점에 진기한 현상이 벌어졌다.

"죄송합니다, 손님. 재고가 다 떨어져서요."

"죄송합니다, 손님. 현재 재고가 다 떨어져서 입고 대기 중입니다."

"죄송합니다, 손님……."

직원들이 연신 고개를 숙이며 사과의 말을 전하는 데 급급했다. 이유는 점장이 예상했던 대로 우민의 책을 치웠기 때문이었다.

"정말 인기가 장난 아닌가 보네. 인터넷으로 사야겠다."

"요 앞에도 서점 하나 더 있는데 거기로 가볼까?"

"우와, 매진된 거야? 쩐다."

"세무조사 받았다더니, 이 정도 팔리면 세금만 해도 엄청 냈겠는데?"

책이 없다는 말은 오히려 시민들의 궁금증을 자아냈다. 도 대체 책이 얼마나 팔리기에 바로 어제 산처럼 쌓여 있던 책들 이 다 사라진단 말인가.

더구나 150만 권이 팔렸다는 뉴스가 바로 얼마 전이었다. 그 많은 사람들이 봤는데도 아직 볼 사람이 남았다는 말인 가?

"도대체 얼마나 재밌는 거야……."

이상한 결론이 도출되었고, 시민들은 오히려 인터넷을 통해 책을 구매하기 시작했다. 의도치 않게 홍보가 된 셈이었다.

그리고 '더 디렉터' 첫 녹화가 시작되었다.

*   *   *

더 디렉터.

1화 녹화 현장에서 우민이 푸른 눈동자의 외국인들과 허물 없이 대화를 나누고 있었다.

"와주셔서 정말 감사합니다. 제가 글은 써도 아직 연출 쪽 보는 눈은 없어서 이렇게 부탁드렸어요."

먼저 제임스 놀란 감독이 답했다.

"하하, 내가 팬심으로 여기까지 온 거지 뭐. 그래, '떨어진 달'은 놓쳤다 치고 차기작은? 차기작은 언제 쓰는 거야. 자네 손 빠르다는 거 할리우드에 이미 다 소문나 있는 거 알지?"

재촉하는 놀란 감독에게 아론 톰슨이 면박을 주었다.

"아니, 무슨 만나자마자 차기작 이야기인가. 글이라는 게 그렇게 쭉쭉 뽑히는 게 아니라고……."

말을 하던 아론 톰슨이 우민 쪽을 힐끗 쳐다보았다.

"물론 예외는 있지만."

"그러니까 내 말이 그 말이지."

"하하, 이번에 좋은 감독 뽑을 수 있도록 도와주시면 다음 작품은 꼭 같이할게요."

"알았다. 내가 그거 믿고 여기까지 왔으니까. 최선을 다해 살펴보마."

셋이 나누는 담소에 방송국 관계자들 중 누구도 쉬이 끼어들지 못했다.

영어라는 언어의 장벽을 넘어서 사는 세계가 다른 듯한 분위기가 풍겨 범접할 수가 없었다.

"녹화 시작하겠습니다."

진행 요원의 말에 세 사람이 자리를 찾아갔다.

*   *   *

첫 번째 지원자가 들어서고, 지원자 뒤쪽에 설치된 모니터에서 한 영상이 플레이되었다.

―지원자분께서 감독이 되셔서 원하시는 영상을 촬영하면 됩니다. 필요한 장비나 배우들을 말씀해 주시면 준비해 놓겠습니다."

스태프의 말이 끝나고 다른 장면으로 넘어갔다. 앞에 앉아 있는 지원자가 촬영장에 들어서는 장면, 그리고 촬영장에 들어선 지원자에게 수많은 사람들이 연신 고개를 숙이는 장면이 플레이되고 있었다.

―안녕하십니까, 감독님.
―안녕하십니까, 감독님.
―안녕하십니까, 감독님!

자신보다 연배도 많아 보이는 사람들의 인사에 당황한 듯 어쩔 줄 몰라 했다. 그중 조연출 역할을 하는 사람이 지원자에게 자리를 안내했다.

—감독님 자리는 여깁니다.
—아, 네.

지원자가 자리에 앉자마자 '파캉' 하는 소리와 함께 조명 하나가 떨어져 내리며 산산조각이 나 흩어졌다.

그리고 화면은 당황하는 지원자의 표정을 클로즈업하며 마무리되었다.

심사 위원 중 한 명인 백승욱 감독이 물었다.

"실제 현장에서 일어나는 일들을 경험해 보니 어떻던가요?"

"당황스럽고 떨렸습니다. 학교에서 배운 것들이 전혀 떠오르지 않았어요."

"조명이 조각나는 큰 사고에도 마치 방관자처럼 지켜보기만 했는데 이유를 알 수 있을까요?"

"그게……."

변명을 하려 해도 명백한 증거 영상 때문에 쉽지 않았다. 지원자는 한동안 대답하지 못하고 머리를 굴려야만 했다.

초조하게 순서를 기다리던 김승완은 스튜디오에서 들리는

날카로운 심사 위원들의 질문에 심장이 벌렁거렸다. 품속에 가져왔던 청심환은 이미 먹은 뒤. 길게 심호흡을 하며 겨우 안정을 찾아가는 중이었다.

'그나마 조연출 경험이 많아서 다행이야.'

김승완도 작품을 만들어 제출하라는 지령을 받고 감독 자리에 앉아 5분짜리 단편 영상을 만들었다.

조명이 깨지고, 연기자끼리 서로 싸우고, 음향이 나가는 등 제출할 작품을 만들기 위해 촬영하는 시간이 마치 1년처럼 느껴졌다.

무사히 촬영을 마치고 나서야 지원자의 역량을 시험해 보기 위한 몰래 카메라라는 것을 알았다.

'말이 신인이지 경력 있는 신인을 뽑겠다는 말이었어.'

김승완의 생각은 반은 맞고 반은 틀린 생각이었다.

오디션이라는 건 여러 단계를 거쳐 결국 최종 우승자가 결정되는 구조다.

이번 능력 테스트만으로 결정되는 게 아니라는 뜻이다.

첫 번째 참가자에 이어 다음 참가자가 스튜디오 안으로 들어갔다.

'어쨌든 최선을 다하자. 진짜… 마지막 기회다.'

장완석이 알면 자신은 끝이다. 충무로가 아닌 장무로라 불리는 곳을 떠나야 할지도 모른다.

"김승완 지원자, 들어가세요."

스태프의 말에 김승완이 발걸음을 움직였다. 다시 한번 마음을 다잡으며 최선의 결과를 내겠다는 주문을 외웠다.

제작진이 진을 치고 있는 곳.

프로그램을 총괄하는 신 PD가 작가가 가져온 스마트폰 화면을 걱정스러운 눈길로 바라보았다.

"생각보다 일이 커지겠는데……."

—탈세 작가야, 이번에도 탈세해서 작품 만드냐?

—이 새끼 알고 보면 밑에 보조 작가들한테 다 시킨다던데 실화임?

—내가 얍삽한 면상 봤을 때부터 알아봤다.

영웅의 성장만큼 대중을 자극하는 것이 바로 영웅의 몰락. 아직 국세청의 발표도 나지 않았지만 세무조사가 진행됐다는 이유만으로 우민은 마녀사냥을 당하는 중이었다.

"지금 완판됐던 광고들이 줄줄이 혹시 취소가 되는지 문의가 들어오고 있다고 합니다. 일이 커지는 정도가 아니라 이미 커진 것 같아요."

"하아… 이 녀석은 정말 어릴 때부터 바람 잘 날이 없구나."

'달동네 아이들'을 찍을 때부터 우민을 알아왔다. 겨우 초등학생에 불과한 작가가 있다는 말에 후배인 나진주를 만나러 갈 겸 몇 번 인사차 들린 적이 있었다.

당시에도 '자존심'이 유독 강했던 아이는 스태프들과 마찰을 빚었지만, 신기하게도 항상 그 작은 아이의 말에 수긍하는 쪽으로 일이 흘러갔다.

그리고 대한민국을 떠들썩하게 만들고 미국으로 떠날 당시를 아직도 생생하게 기억한다.

"우민 작가님은 뭐라고 하세요? 별말씀 없어요?"

"자기만 믿으라던데?"

"……."

"걔가 어릴 때부터 그랬어. 그런데 신기한 게 뭔 줄 알아?"

작가가 궁금해하며 쳐다보자 신 PD가 은근한 어조로 말을 이었다.

"신기하게 다 그 친구 말대로 된다는 거야."

"그러니까요. 제 말만 '딱' 믿고 계시면 됩니다."

어느새 나타난 우민이 대화에 끼어들었다. 스마트폰을 들고 있던 작가가 화들짝 놀라며 폰을 떨어뜨렸다.

우민이 떨어진 폰을 주워 작가 손에 들려주었다.

"이런 뉴스, 댓글, 크게 신경 쓰시지 않아도 됩니다. 광고 취소 문의가 들어왔다고요? 다 취소시켜 주세요."

우민의 말에 둘만이 아니라 주변에 있던 대부분의 제작진이

펄쩍 뛰었다.

"…네?"

"야, 우민아!"

"저기… 작가님, 그건 좀……."

"제작비는 저기 손석민 사장님이 책임지실 거니까. 광고에 목매지 않으셔도 됩니다."

우민이 손석민을 가리키며 활짝 웃어 보였다. 팔짱을 긴 채 촬영장을 보고 있던 손석민과 눈이 마주치자 손을 흔들어 보이는 여유까지 보였다.

상황을 모르는 손석민도 마주 손을 흔들며 웃어 보였다. '제임스 놀란'과 '아론 톰슨'을 가리키며 엄지를 치켜들었다.

들리지 않지만 입 모양이 뜻하는 바는 명확했다.

'섭외력 최고다!'

만약 알게 된다면 뒷목을 잡을 일이었지만 우민은 연신 고개를 끄덕이며 마주 엄지를 들어 보였다.

* * *

S전자 홍보 팀 과장은 뜻밖의 상황에 재차 물었다.

"정말… 취소시켜 주신다고요?"

─네. 원하시는 대로 해드릴게요.

"…정말요?"

─네. 그렇다니까요.

계약 취소가 이렇게까지 쉬운 적이 있었던가? 단언컨대 자신이 홍보 팀에 근무하며 단 한 번도 없었다.

"위약금도 없습니까?"

─네.

이제는 상대방 쪽에서 약간 짜증을 내는 것 같았다. 이번 사항은 우민이 '스캔들'에 휩싸인 상황.

계약서에 따르면 계약 해지 사유까지는 되지 않았다. 그랬기에 약간의 법정 분쟁까지 감수하려 했다.

"그, 그렇군요."

─네. 이만 끊을게요.

S전자 홍보 팀 과정은 뭔가 영 꺼림칙함을 버릴 수가 없었다. 이우민 작가가 비록 탈세를 하지 않았더라도 '탈세 혐의'를 받는다는 것 자체가 S전자 이미지에 좋지 않았기에 위에서 내린 결정이었다.

"내가 뭔가를 놓치고 있는 건가……."

이우민 작가와 전속 계약을 해지했으니 이제 '더 디렉터' 방송 앞뒤에 붙을 광고를 해지할 차례였다.

이미 해지하겠다고 언질은 준 상태. 최종적으로 해지 계약서에 사인만 하면 끝이다.

"아무래도 이상해… 국세청에 아는 사람 좀 없나……."

답답함이 밀려왔다. S전자 최고위급 정도면 국세청에 연줄이 있을 테지만 겨우 '광고 모델' 하나 때문에 나서달라고 하면……

"나를 안 좋게 보겠지."

홍보 팀 과장은 더 이상 고민하지 않고, 일을 처리해 나갔다. S전자만이 아니었다.

'더 디렉터'에 광고를 넣었던 광고주들이 '제임스 놀란, 아론 톰슨'이라는 이름에 지급하려 했던 최고액의 광고를 줄줄이 취소해 나갔다.

*　　　　*　　　　*

손석민이 우민을 애처롭게 불러보았다.

"우민아……."

"촬영 어떠셨어요? 엄청난 게 나올 것 같은 느낌이 들지 않으세요?"

"광고… 정말 네가 취소해도 된다고 했어?"

우민이 대답은 하지 않은 채 계속 말을 돌렸다.

"이거 시청률 대박 치면 중국, 일본에 수출될 테고. 그 수입만 해도 엄청나겠는데."

손석민도 포기한 듯 맞장구를 쳤다.

"그렇겠지. 젊은 시장도 중국 쪽이랑 협의 중이라니까. 수출되기만 하면 단위가 달라지겠지."

"그러면 '소설닷컴' 그때 딱 중국으로 진출하면 되겠네요. 동시에 제가 중국 감성으로 쓰고 있는 소설도 함께 출판하고."

"그래, 그러면 광고 날라간 거 전부 상쇄하고도 남겠다."

우민이 답답해하는 손석민의 어깨에 손을 올려 마사지를 해주었다.

"그 광고 이제 곧 다시 들어올 거예요. 그때는 예전보다 더 많은 돈을 부르면 됩니다."

"그게 말처럼 쉬웠으면 다 그렇게 하지."

"왜 광고가 취소됐는지 아시잖아요. 그리고 국세청에서 어떤 발표가 나올지 대충 예상되지 않으세요? 제가 지금까지 낸 세금이 얼만데 양아치가 아닌 이상 답은 하나밖에 없습니다."

"모범 납세자?"

"정답!"

손석민은 절레절레 고개를 저으면서도 희망의 끈을 놓지 않는 눈치였다.

모범 납세자.

그 상을 받는다면 지금 우민이 뒤집어쓰고 있는 오명을 씻어내는 걸 넘어서 현재의 위치를 한층 공고히 할 수 있으리라.

가로 길이만 2m가 넘어가는, 최고 화질을 자랑하는 UHD
TV.

S전자 제품으로 가격만 1억 원을 호가하는 TV에 실금이 가
있었다.

바로 앞 대리석 바닥에 떨어져 있는 스마트폰이 방금 전 일
어난 일을 짐작케 했다.

"이 배신자 자식이!"

TV 앞에서 거친 콧김을 뿜어내며 사방을 두리번거렸다. 스
마트폰 메시지에 도착한 영상에 나온 인물은 분명 자신의 조
연출을 맡았던 '김승완'이었다.

"'더 디렉터'에 지원한 것도 모자라서 감히 내 전화를 피
해?"

'더 디렉터'에 꽂아 넣은 지원자 한 명이 동영상을 보내왔
다. 거기에 찍혀 있는 건 자신의 조연출 '김승완'. 전화를 걸어
진위 여부를 물으려 했지만 연결조차 되지 않았다.

분노에 휩싸인 장완석의 눈에 시뻘건 핏발이 세워졌다.

"검은 머리 짐승은 거두는 게 아니라고 하더니, 거둬서 먹여
주고 재워줬더니이이!"

으득 이를 갈며 분노를 삭이려 했지만 쉽사리 가라앉지 않았다.

어떻게 해야 할까. 어떻게 해야 머리끝까지 치솟는 이 분노를 가라앉힐 수 있을까.

아무리 생각해 봐도 방법은 하나밖에 없었다.

한국 영화판에서 저들을 쫓아내는 것. 그러기 위해서는 자신의 힘만으로 부족하다.

자신의 형.

거대 미디어 제국 CG미디어의 회장인 장완웅의 힘이 필요했다.

＊   ＊   ＊

드르륵.

아침부터 울리는 핸드폰에 곤히 자고 있던 우민이 침대에서 일어났다. 번호를 확인해 보니 모르는 번호. 끊기를 눌러 전화를 끊어버린 우민이 다시 잠에 들었다.

드르륵, 드르륵.

또다시 울리는 전화. 이번에도 같은 번호였다. 자꾸만 잠을 깨우는 전화 소리에 우민은 아예 전화기를 꺼버렸다.

적어도 아침 10시까지는 자는 것이 우민만의 피로를 푸는 방식이었다.

그렇게 다시 잠에 빠질락 말락 비몽사몽 하고 있을 때쯤 이번에는 현관문 벨 소리가 잠을 깨웠다.

그래도 일어나지 않아 쾅쾅거리며 문을 두드렸다. 흡사 빚을 받으러 온 채권자를 방불케 했다.

"우민아! 문 열어봐, 우민아."

손석민의 목소리.

우민이 어쩔 수 없다는 듯 비척거리며 일어나 잠옷 바람으로 현관문까지 걸어갔다.

문을 열자마자 손석민이 말했다.

"국세청에서 연락 오는데 전화는 왜 안 받은 거냐."

"자야 될 시간에 모르는 번호로 전화가 와서요."

"그럼 전화기는 왜 꺼놨어."

"모르는 번호로 계속 연락이 오니까."

"모범 납세자에 선정될 거라는 전화였다. 네가 연락을 안 받아서 나한테까지 왔더라."

잔뜩 흥분한 손석민과 달리 우민의 소감은 간단하고 건조했다.

"잘됐네요. 제가 말씀드렸잖아요. 별일 없을 거라고."

손석민이 답답하다는 듯 우민을 바라보았다.

"근래 일 때문에 얼마나 많은 악플이 달렸는지 아니? 손가

락질하는 대중들 때문에 어머님이 많이 힘들어하셨다. 어머
님 생각도 좀 해야지."

손석민이 연락을 받자마자 여기까지 달려온 이유이기도 했
다. 우민의 어머니. 곧 자신과 결혼할 반려자. 따가운 대중들
의 시선을 그 누구보다 아파했던 그녀는 모범 납세자에 선정
된 일을 누구보다 기뻐했다.

"저도 마음이 편치만은 않아요."

순간 손석민은 우민의 말속에 담겨 있는 뜻을 알아차렸다.
자신과 박은영의 사이를 인정하겠다던 우민의 선언. 그 안에
감춰져 있던 속내를 조금은 엿본 것 같았다.

우민이 조금 더 속내를 드러내 보였다.

"저도 뱉은 말을 받아들일 시간이 필요해요. 규칙적으로 생
활하면서 마음을 정리하는 중입니다."

담담한 말투였지만 약간의 슬픔이 묻어 나왔다. 손석민도
더 이상 아무 말 하지 않고 발걸음을 돌렸다.

*   *   *

<이우민 작가 모범 납세자 선정>
<세무조사 결과로 미담이 밝혀진 이우민 작가. 지금까지 남
몰래 기부금만 수억>

〈이우민 작가의 유일한 절세 전략은 기부?〉

〈꼼수가 난무하는 시대. 법을 지켰더니 돌아온 건 세무조사〉

S전자 홍보 팀 과장은 뉴스를 보자마자 가장 먼저 핸드폰을 집어 들었다.

—고객님이 통화 중이어서 음성 사서함으로 연결됩니다.

—고객님이 통화 중이어서 음성 사서함으로 연결됩니다.

도통 전화가 연결이 되지 않았다. 이미 한 발 늦은 것일까?

그래도 S전자는 세계에서 수위권을 다투는 기업. 자신들의 제안을 거부할 수 없을 것이다.

느긋하게 점심을 먹고 온 S전자 홍보 팀 과장은 다시 이우민 작가의 에이전트인 손석민에게 전화를 걸어보았다.

—고객님께서 전화를 받을 수 없어 우물샘으로 연결됩니다.

—고객님께서 전화를 받을 수 없어 우물샘으로 연결됩니다.

이번에도 도통 전화를 받지 않았다.

"설마 수신 거부를 한 건 아니겠지……."

상식적으로 그럴 리가 없다고 생각했다. 자신은 광고주이자 돈을 주는 갑. 오히려 자신의 전화를 기다려야 한다고 생각했다.

혹시나 하는 마음에 갓 들어온 신입에게 핸드폰을 넘겨받아 전화를 걸어보았다.

뚜르르르.

뚜르르르.

뚜르르르.

전화가 연결되는 신호음이 들렸다. 우연의 일치일까. 아니면 자신의 예상이 맞은 것일까.

수 초 후 달각 하는 소리와 함께 전화가 연결되었다.

ㅡ네. 손석민입니다.

전화가 연결되자 당황한 홍보 팀 과장이 오히려 전화를 끊어버렸다. 마치 나쁜 짓을 하다가 걸린 아이 같은 기분이었다.

홍보 팀 과장은 이번엔 다시 회사 전화로 연결을 시도해 보았다.

ㅡ고객님이 통화 중이어서 음성 사서함으로 연결됩니다.

또다시 연결이 되지 않았다. 정말 '까마귀 날자 배 떨어진다'는 속담처럼 우연의 일치에 불과한 것일까?

어차피 이렇게 해서는 확인되지 않을 일.

신입 핸드폰으로 다시 연락을 시도했다.

*   *   *

우민이 일어나 자전거를 타고 작가 사무실에 도착했다. 오늘따라 유달리 사무실의 공기가 착 가라앉아 있는 것이 느껴졌다.

오직 한 사람, 카타리나만이 예외였다.

"와우, 우민! 많이 벌고 있다는 건 알고 있었지만 소득세만 백억 이상을 낸 것으로 추정된다면서? 너 리치 가이구나?"

"그거야 너도 이미 알고 있는 사실이고, 여기 분위기가 왜 이래?"

"몰라. 누가 왔는데 그 사람 때문인가. 보자마자 약간 긴장한 것 같더라고."

"당신들은 누구야?"

우민이 시선을 돌려 검은색 양복을 입은 사람들을 바라보았다. 건장한 체격에 한눈에 봐도 무술 꽤나 할 것처럼 탄탄한 몸매를 자랑했다.

우민의 말에 대답은 다른 곳에서 들려왔다.

"무례인 줄 알면서도 빨리 만나야겠다는 생각에 찾아왔습니다. 문미영입니다."

문미영.

얼마 전 우민이 만났던 표홍준이 야당인 새나라당의 대표라면 문미영은 현재 집권 여당인 민자당의 대표.

국가 의전 서열 7위의 권력자였다.

그러나 권력의 표리부동함을, 경멸스러움을 익히 경험했기 때문일까. 좋은 소리가 나오질 않았다.

"무례인 줄 알았으면 오지 말았어야 하는 거 아닌가."

그런 소리를 듣고도 뭐가 그리 좋은지 문미영은 오히려 즐거워했다.

"호호호, 듣던 대로 직설적이군요. 표홍준이 물 먹었다며 노발대발했다는 소문이 거짓이 아니었어요."

"국민들이 국회의원들에게 먹은 물의 양에 비하면 새 발의 피 아닙니까."

오만을 넘어선 광오해 보이는 태도.

문미영을 제외하고 그 자리의 누구도 긴장감을 감추지 못했다.

전석영이 옆에 있던 함수호에게 슬쩍 중얼거렸다.

"정말 저래도 되는 거예요?"

"나도 모르겠다."

"이우민 작가님 나이가 정말 21살 맞죠?"

"아, 아마 그럴걸……."

"그런데 저런 말을 할 용기가 어디서 나오는 거지."

"그래도 좀… 멋있다."

"그, 그렇긴 하네요. 현 국회를 양분하고 있는 여야의 대표들에게 저렇게 당당하게 맞설 수 있다니……."

적대적인 말투에도 4선을 넘겨 당 대표까지 하고 있는 문미영답게 오히려 웃음으로 받아넘겼다.

"호호호호, 우리나라 국회의원들이 다 그런 것만은 아닙니다."

우민은 길게 이야기하고 싶지 않다는 듯 축객령을 내렸다.

"가타부타 따지고 싶지 않으니, 이만 나가주시죠. 뭘 말씀 하시든 거부하겠습니다."

웃고 있던 문미영의 입가가 살짝 경련이 일어나며 굳어졌다. 일관된 우민의 단호한 태도에 기분이 상한 듯 문미영도 더 이상 자리에 앉아 질척거리지 않았다.

"오늘은 그저 얼굴이나 보기 위해 온 거예요. 미국의 자유 훈장. 대중들에게는 그저 지나가는 이슈거리에 불과할 수도 있지만 정치 쪽에서 보면 누구나 탐낼 만한 절세의 보물이니까요."

우민은 이제 말을 섞고 싶지 않다는 듯 대답조차 하지 않았다. 그런 태도에도 불구하고 문미영은 여전히 여유를 잃지 않은 채 침착하게 대응했다.

"그런 보물을 지닌 자를 보고, 만나는 것만으로도 명분이라는 것이 생깁니다. 오늘은 일종의 명분 쌓기라고 해둡시다."

우민의 성격을 알아챘다는 듯이 문미영도 더 이상 자신의 속내를 속이지 않았다.

따로 만나지 않고 이렇게 직접 찾아온 것도 우민의 그런 성격을 사전에 예상했기 때문이다.

문미영이 앉아 있던 소파에서 일어나 문 쪽으로 발걸음을 옮기며 마지막 한마디를 남겼다.

"모범 납세자상은 축하드립니다. 아! 차차!"

그러고는 마치 이제야 생각났다는 듯 뒤돌아서며 말했다.

"거기에 더해서 아마 이번에 보관문화훈장이 수여될 겁니다. 마음 같아서는 최고 등급인 금관문화훈장을 드리고 싶지만 여러 사정이라는 게 있나 보더군요."

보관문화훈장.

총 5단계로 나뉘어져 있는 문화훈장 중 3번째의 등급을 가지는 훈장이었다.

1등급인 금관문화훈장은 역사적으로나 세계적으로 뛰어난 업적을 남겨야만 받을 수 있는 등급. 그렇기에 생전보다는 사후에 받는 경우가 많았다.

그만큼 영예롭다는 뜻.

하지만 우민은 별 관심 없다는 듯 고개를 돌려 문미영을 외면했다.

"그럼 다음에 기회가 되면 다시 또 만나겠습니다."

그 말을 끝으로 문미영이 완전히 문을 열고 나갔다. 그제야 사무실 식구들도 길고 긴 안도의 한숨을 내쉬었다.

*   *   *

소식을 들은 손석민이 한걸음에 작가 그룹 사무실로 달려왔다.

"무, 문화훈장?"

흥분한 전석영이 입에 침을 튀겨가며 설명했다.

"그렇다니까요. 민자당 대표 문미영 의원 아시죠? 그분이 와서 직접 언급했다니까요. 모범 납세자상에 더해서 보관문화훈장을 수여한대요."

"보관문화훈장이면……."

"찾아보니까 우리나라 문화훈장 중 세 번째. 받은 사람은 박경리 소설가, 배우 이순재, 조용필 등 우리가 이름만 대면 알 만한 사람은 다 받았던데요."

손석민도 우민의 자신감에 전염된 것일까. 전석영이 말한 인물들에 대해 별 감흥이 일지 않아 보였다.

그리고 거기에서 한발 더 나아가 오히려 콧방귀를 뀌기까지 했다.

"우리 우민이 정도면 바로 금관문화훈장 정도는 받아야지. 보관문화훈장이라니, 줘도 안 받겠다."

"대, 대표님. 보관문화훈장이라고요. 무려 보관문화훈장!"

전석영은 여전히 흥분이 가시지 않는지 떠들어댔다. K대 국어국문학과, 그의 선배들이 문화 예술계로 진출하였지만 대부분의 사람들이 큰 업적을 남기지 못하고 방송계로, 출판계로 건너가 그저 그런 월급쟁이로 전락하여 살아간다.

그들이 대학 시절 품었던 청운의 꿈.

보관문화훈장은 그 꿈을 이뤘을 때 받을 수 있는 상이었다.

"그러니까. 그거 나도 뭔지 알아."

전석영이 이해가 되지 않는다는 듯 고개를 절레절레 저었다. 그러나 카타리나도 손석민의 말에 동의하며 한마디 덧붙였다.

"우민은 노벨 문학상을 받을 건데, 여기 조그마한 나라에서 주는 상에 그리 감동받을 필요 있나?"

당연하다는 듯이 하는 말에 전석영은 말문이 막히는지 푹 하고 한숨을 내쉬었다.

마치 자신과는 사는 세계가 다른 것 같았다.

점심을 먹기 위해 밖으로 나온 우민이 던진 말에 전석영은 결국 아무 말도 하지 못했다.

"그러니까 말이다. 아저씨, 만약에라도 연락 오면 안 받겠다고 전해주세요. 이건 뭐 병 주고 약 주는 것도 아니고, 세무조사 결과에 미안해서 덤으로 이거 줄 테니 진정하라 뭐, 이런 느낌이라 저도 싫네요."

"…으, 응?"

"보관문화훈장 수상 거부하겠습니다."

"……."

손석민은 그저 한번 해본 말에 불과했다. 어릴 때부터 지켜봐 온 우민이 나라에서 큰 상을 받는다는 말에 들떠 약간의 허세를 부린 것이다.

"거부는 거부하겠습니다."

우민이 쐐기를 박자, 손석민은 마치 세상 다 잃은 표정으로 전석영을 바라볼 뿐이었다.

*   *   *

검게 드리워져 있던 배경에 핀 조명이 켜졌다.

무대의 중앙. 한 남자가 마이크를 들고 서 있었다.

"안녕하십니까! '더 디렉터'의 진행을 맡은 '오성철' 인사드립니다."

오성철.

근래 최고의 인기를 구가하고 있는 MC 중 한 명이었다. 현재 진행하고 있는 프로그램만 10개. 그런 그가 '더 디렉터'의 진행을 맡았다.

"'더 디렉터'는 이우민 작가의 화제작 '떨어진 달'을 영화로 만들 감독을 뽑는 오디션입니다. 최종 오디션의 우승자가 되신다면 '이우민 작가'와 함께 영화를 만들 수 있는 기회가 주어지게 됩니다."

오성철은 작가가 건네준 큐 시트에 따라 매끄럽게 진행을 해나갔다. 물론 거기에 적혀 있는 멘트들은 송민영이 작성하고, 우민의 검수를 맡은 내용이었다.

"한 번도 영화를 만들어본 적이 없는 일반인도, 아직 학교를 다니고 있는 대학생도, 이미 충무로에서 몇 번의 영화감독을 경험한 기성 감독들도!"

오성철이 긴장감을 고조시키기 위해 멘트를 한 번 끊었다.

"참가 자격에 제한이 없기 때문에 누구나 참여하실 수 있습니다. 물론 할리우드에서 활약하고 계신 감독님들도 오실 수 있습니다."

슬슬 멘트를 정리한 오성철이 심사 위원을 소개하는 것으로 예고편이 마무리되었다.

"자, 그럼 '더 디렉터'의 심사 위원분들을 소개하겠습니다!"

신이 내린 작가, 아론 톰슨.
우주도 인정한 감독, 제임스 놀란.
충무로의 흥행 보증수표, 백승욱.
베니스가 사랑하는 남자, 나용규.

오성철의 멘트에 따라 감독들의 사진이 한 장씩 화면으로 송출되었다.

이미 언론을 통해 노출되었던 소식이지만 그 면면이 결코 가볍지 않은 탓일까.

시청자들의 놀람은 수그러들지 않고 오히려 커져만 갔다. 그중에서도 장완석의 충격은 이루 말할 수 있는 수준의 것이 아니었다.

빠각.

또다시 들고 있던 스마트폰이 대리석 바닥에 부딪치며 산산조각 나버렸다.

벌써 두 개째. 아깝지도 않은지 거침이 없었다. 스스로의 분을 이기지 못한 장완석이 옆에 있던 또 다른 스마트폰을 집어 들었다.

마치 이미 박살 날 것을 알고 구입해 놓은 듯이 서랍에는 여분의 스마트폰이 아직 충분히 쌓여 있었다.

"아직도 충무로의 주인이 누군지 깨닫지 못했단 말이지."

뿌드득.

이를 갈던 장완석이 집어 든 스마트폰으로 빠르게 전화를 걸었다.

충무로를 아직 예전의 충무로로 기억하는 놈들에게 다시 한번 알려줄 필요가 있었다.

충무로라는 이름은 장무로로 바뀐 지 오래되었다. 그걸 다시 한번 상기시켜 줘야 한다.

*　　　　　*　　　　　*

우민은 생각했다.

'또야?'

이번에는 작가 그룹 사무실이 아니라 W 출판사 사무실로 문화체육관광부 차관이 찾아왔다.

우민의 대리인이라 할 수 있는 손석민이 '보관문화훈장' 수상을 거부하겠다는 연락을 하고 난 뒤였다.

급한 성격인지 우민이 도착하자마자 물어왔다.

"왜인지 자세한 이유를 알 수 있을까요?"

우민은 질문에 질문으로 대응했다.

"그러면 왜 제가 세무조사를 당했는지 알 수 있습니까? 모범 납세자에 선정될 만큼 세금에 문제가 생기지 않도록 신경을 써왔는데 도통 이해가 가질 않아서요."

"그건… 저희 부서 소관이 아니라서……."

"이런 식인데 제가 상을 받고 싶은 마음이 생길까요? 납세의 의무에 최선을 다하고, 외국에서 국위 선양까지 하면서 이름을 날리고 있는 저 같은 모범 시민에게 세무조사로 '개망신'을 줘놓고 마치 사탕 던져주듯 표창을 준다?"

우민은 개망신이라는 자극적인 단어까지 써가며 거침없이 말해 나갔다. 우민의 직설적인 화법에 전혀 면역이 없던 공무원은 그저 난처한 웃음을 지어 보일 뿐이었다.

우민은 그런 차관을 향해 비웃음을 날렸다.

"지금 준다는 '보관문화훈장'도 그저 정부가 이만큼 일을 잘하고 있다는 '과시용' 정도라는 생각밖에 들지 않는군요. 진정성이 전혀 느껴지질 않아요."

우민의 압박에 차관은 궁색한 변명만을 늘어놓았다.

"약간의 오해가 있으신 것 같은데 저희가 표창을 드리는 건 절대적으로 '이우민 작가님'이 표창을 받을 만큼의 작품 활동을 해왔다는 판단 때문입니다. 생각하시는 다른 어떤 의도도 없습니다."

"그러면 왜 뜬금없이 제가 세무조사를 당했는지 설명해 주시면 상을 받겠습니다. 어차피 어려운 일도 아니지 않습니까?"

우민의 질문에 차관은 똑같은 말을 반복했다.

"말씀드렸다시피 그건… 저희 부서 소관이 아니라서……."

"그러면 저도 똑같은 말을 드릴 수밖에 없겠네요."

우민의 말에 더 이상 대화가 힘들다고 생각한 차관이 어쩔 수 없다는 듯 자리에서 일어났다. 막 나가려는 차관에게 우민이 등 뒤에서 슬쩍 운을 띄웠다.

"그러면 문체부에서 해줄 수 있는 일이 하나 있는데 한번 해보시겠습니까?"

나가려던 차관이 뒤돌아서 우민을 바라보았다.

보관문화훈장.

금관도 아닌 3등급에 불과한 표창을 거부했다고 해서 정부가 크게 아쉬울 건 없었다.

하지만 그가 가진 배경.

'전 세계'.

전 세계에서 인정하고 있는 작가라는 배경 때문에 직접 이 자리에까지 찾아왔다.

차관의 표정에서 보인 긍정의 의미에 우민이 이내 말을 이었다.

"CG미디어라고 아십니까? 우리나라 극장 점유율 55%에 달하는 CGM이라는 극장을 운영하며, 방송, 출판계에서 꽤나 큰 손으로 알려져 있는 기업."

모를 수가 있나.

차관이 알고 있다는 듯 고개를 끄덕였다. 아직 질문은 나오지 않은 상태.

차관은 아직 나오지 않은 우민의 질문을 기다렸다.

"거기서 마음에 들지 않는 문화, 예술인들에게 저지르고 있는 만행이 수없이 많다는 사실 알고 계십니까? 대표적인 예는 충무로가 그 안에서 장무로로 불리며, 감독, 작가 가릴 것 없이 자기들 마음에 들지 않으면 갈아 치우고, 업계에 발을 디디지 못하게 하면서 CG미디어의 입맛에 맞게 길들이고 있다는 점입니다."

차관은 선뜻 대답하지 못했다. 알았다고 하기에도, 몰랐다고 하기에도 애매했다. 그저 소문이 무성하다는 사실 정도는 알고 있었다.

"가장 자유로운 문화, 예술계가 정부의 핍박에 이어 CG미디어의 핍박을 받고 있는데 뒷짐 지고 지켜보기만 해서야 안 되지 않을까요?"

우민이 하고 있는 말의 뜻은 명확했다.

CG미디어의 고발.

차관은 선뜻 아무런 대답도 하지 못하고 있었다. 그런 차관에게 우민이 제안했다.

"현 정부가 추진하고 있는 정책 중의 하나, 적폐 청산. 그 청산에 대표적인 사례가 될 거라 생각합니다. 그렇게 되도록 제가 도와드릴 수도 있어요. 아시다시피 제가 꽤나 유명하잖아요?"

우민의 제안에 차관이 꿀꺽 마른침을 삼켰다. 이건 자신이 처리해야 할 문제가 아니었다.

우민은 국가인재DB(https://www.hrdb.go.kr)등록되어 있는

인재. 그의 한마디가 사회에 미치는 영향력은 결코 가볍지 않기에 신중히 처리해야 했다.

차관이 사무실을 나가자마자 손석민이 득달같이 달라붙었다.

"CG미디어? 거기는 우리나라 재벌 기업이잖아. 너 설마 거기랑 '척'을 질 생각이야?"

"아닙니다."

아니라는 말에 손석민은 작은 안도의 한숨을 내쉬려다 오히려 숨이 막혀 기침을 쏟아냈다.

켁, 케켁.

"부숴 버리려고요."

"야!"

"저희 심사 위원을 승낙해 주신 백승욱 감독님에게도 언질이 왔다더군요. 심사 위원 계속하면 배급에서 약간의 문제가 생길 수도 있는 걸 알고 있냐면서요."

손석민은 모르고 있던 사실에 입을 다물고 그저 우민을 바라볼 수밖에 없었다.

"그리고 CG미디어에서 운영하는 오프라인 서점에서 제 책이 재고가 없다며 팔질 않고 있어요."

그건 손석민도 알고 있었다.

"그, 그거야, 서점에 정말 재고가 없었을 수도 있잖아."

"유독 CG문고에서만 책을 팔지 않고 있는데도 그런 말씀이 나오십니까?"

공격적인 우민의 말에 손석민은 바로 입을 다물었다.

"아시잖아요. 온라인 서점 전 사이트에서 제 작품이 부동의 1위를 유지하고 있는데 CG 사이트에서만 1위가 아니라는 거 이미 출판사에서도 잘 알고 계시잖아요."

손석민도 이상하게 생각하고 있던 부분이었다. 직원들이 올려주는 보고서에서 유독 CG 온라인 사이트에서만 우민의 책이 1위를 차지하지 못하고 있었다.

설마 그런 거대 재벌이 일개 작가를 상대로 장난질을 칠까? 의심은 있었지만 물증이 없었다.

그러나 우민은 이미 확신을 하고 있는 듯 보였다. 손석민은 이제는 자신도 알고 있는 사실을 떠올렸다.

'고객은 항상 옳다'의 패러디인 '우민은 항상 옳다'.

"그래. 네가 시작한 일이니까. 뭐… 어떻게든 되겠지."

이미 예전에 체념했다고 생각했지만 아직 아니었나 보다. 우민이 하고 있는 생각에 한숨부터 나왔다.

* * *

CG미디어.

출판사업부 산하 유통관리부장은 매일같이 올라오는 점주들의 하소연에 아주 '죽을 맛'이었다.

아무리 윗선에 보고를 해도 돌아오는 건 '반려'. 출판사업부 본부장은 '유통관리부장'의 말을 귀담아듣지 않았다.

"점주들의 성화가 대단합니다. 이대면 간다면 이번 분기 매출이 30% 이상 줄어든다는 것이 각 점포에서 보내온 시뮬레이션 결과입니다."

유통관리부장이 매출까지 들먹이며 강하게 어필했지만 본부장에게는 통하지 않았다.

"야, 작년 오프라인 서점 매출이 얼마야?"

기습적인 질문에 부장은 재빨리 머리를 굴렸다. 다행히 숫자를 기억하고 있었다.

"사, 삼천억입니다."

"거기서 영업이익은."

다음 질문을 예견한 부장은 영업이익만을 말하지 않았다. 함께 일해온 게 벌써 수년. 본부장의 이런 화법은 익숙했다.

"5%입니다. 약 150억 정도. 저희 회사 작년 매출이 3조 5천억에 영업 이익이 4,500억가량 되니 영업이익의 약 3%를 차지하고 있습니다."

말을 마친 유통관리부장은 본부장이 뭐라 말하기도 전에 다시 입을 열었다.

"저희 회사 영업이익의 약 3%면 회장님께서 하신 지시에 굳이 저희가 왈가왈부할 필요가 없을 것 같습니다. 제가 생각이 짧았습니다."

그제야 본부장이 흡족한 웃음을 지어 보였다. 유통관리부장의 어깨를 툭툭 두드리며 말했다.

"그래, 이제야 말이 좀 통하는구먼. 회장님께서도 다 생각이 있으니 지시하신 것 아니겠나. 밑에 사람이 그걸 잘 시행할 생각을 해야지. 이래서 어렵다, 저래서 어렵다, 불평불만이나 쏟아내고 있으면 누가 일을 시키겠어."

유통관리부장은 재빨리 고개를 숙였다.

"맞습니다. 제가 생각이 짧았습니다."

"하하, 그래. 내가 이래서 자네를 좋아할 수밖에 없다니까. 윗사람의 생각을 살필 줄 아는 혜안과 빠른 인정. 우리 길게 보자고, 길게."

본부장실을 나오는 유통관리부장의 머릿속에는 점주들의 요청을 어떻게 다뤄야 할지에 대한 생각만이 가득했다.

*　　　　　*　　　　　*

'더 디렉터'의 예고편이 나가고 일주일 뒤.

드디어 대망의 첫 방송이 시작되었다. 첫 방송의 시작은 각

지원자들의 자기소개에서부터, 지원 동기, 그리고 특기, 장점 소개까지 나오는 면접 인터뷰 영상이었다.

그중에는 김승완도 남부럽지 않은 분량을 챙기고 있었다.

"김승완 지원자, 자신의 가장 큰 장점이 무엇이라 생각하십니까?"

"성실하고, 상황을 관리하는 능력이 있는데 그림까지 감각적으로 뽑아낼 수 있습니다. 아! 그림이라는 말은 업계에서 사용하는 은어고, 연출을 말하는 겁니다."

약간은 능청스러우면서도 당당한 모습. 거기에 더해진 깔끔한 외모가 시청자들의 눈길을 사로잡았다.

"자신감이 대단하시네요. 경력을 보니 '장완석' 감독의 조연출을 오래 하셨던데 유명 감독님 밑에 있으면서 배운 게 많아 그럴까요?"

"하하, 배운 게 참 많이 있긴 합니다. 대부분이 방송으로 말씀드리기에는 곤란한 것들이라 여기까지 하죠."

"하하, 어떤가요. 이번 '더 디렉터' 출연에 조언을 많이 해주시던가요?"

인터뷰어의 질문에 김승완이 마치 기다렸다는 듯 빠르게 답했다.

"많은 조언을 해주었습니다. 그게 꼭 '말'이라는 소리로 전달해 주셨다기보다는 행동으로 직접 보여주셨기 때문에 그걸 밑바탕으로 저는 이번 오디션에 최선을 다할 생각입니다."

함의가 들어 있는 듯한 말에 몇몇 시청자들은 아리송해했다. 그렇게 몇 개의 질답이 오가고, 인터뷰어는 모든 지원자들에게 마지막으로 하는 공통 질문을 던졌다.

"'떨어진 달'의 엔딩은 어떻게 예상하십니까?"

우민이 요청한 질문이었다. 자신이 생각하는 작품의 방향과 생각이 일치하는 지원자를 선택하기 위한 방안 중 하나였다.

이미 작가 그룹 사무실을 출입하며 우민과 많은 교감을 나누었던 김승완은 한 치의 망설임도 없이 대답할 수 있었다.

"해피 엔딩. 그 한 단어로 정의하겠습니다."

*   *   *

장완석은 서울 중구 남산에 위치한 문화체육관광부 산하 '한국영화감독협회'에 도착했다.

씩씩거리는 콧김을 내뿜으며 차에서 내린 장완석은 성큼성큼 발걸음을 움직여 사무실 문을 박차고 들어갔다.

"해피 엔딩? 개자식아, 이제 네 인생은 배드 엔딩이야."

한국영화감독협회.

문체부의 예산을 지원받아 소속 영화감독들의 권익 향상과

최저 생활도 유지할 수 없는 연출자들에 대한 생계비 지원 사업 등을 벌이는 곳이었다.

그곳의 협회장이 바로 자신.

CG미디어에서 출연한 대규모의 지원금을 바탕으로 '협회장'에 오를 수 있었다.

사무실로 들어서자마자 협회에서 자신의 비서 노릇을 하고 있는 강 부장을 찾았다.

"강 부장, 사무실로 따라 들어와."

인터넷을 하다 황급히 자리에서 일어난 강인식 부장이 장완석을 따라 사무실로 들어갔다.

협회장실의 사무실 풍경은 마치 고풍스러운 저택의 서재를 연상케 했다. 고목으로 만들어진 가구, 북유럽 풍의 인테리어가 인상적이었다.

그 안에서 유독 눈에 띄는 의자가 바로 장완석의 자리였다. 여느 대기업 회장님의 자리를 연상케 하는 곳에 엉덩이를 깊숙이 밀어 넣은 장완석이 말했다.

"강 부장, 우리가 생계비 지원하는 감독 중에 김승완이라고 있지?"

"네. 회장님 조연출이라 특별히 신경 쓰고 있습니다."

회장이라는 호칭에 장완석이 흡족해하며 말했다.

"오늘부로 협회에서 퇴출시키고 생계비 지원도 끊어버려. 그리고 이번에 '더 디렉터' 출연한 감독들 확인했어?"

"협회 소속된 감독들 리스트 작성해 놓았습니다."

"독립 영화 감독이면 제작비 삭감하고, 생계형 지원을 받고 있으면 다음번 선정에서 탈락시키고. 내가 무슨 말 하는 건지 이해했지?"

"말씀하신 대로 처리하겠습니다."

"최대한 빠르게, 뒷말 안 나오게 조용히."

강인식 부장이 굳은 표정으로 살짝 눈을 아래로 내리깔며 목례를 했다. '조용히'에 담긴 의미가 이번 일의 난이도가 결코 쉽지 않음을 뜻하기에 회장실에서 나갈 때까지 굳은 표정은 풀릴 줄을 몰랐다.

*　　　　　*　　　　　*

한국문인협회 제31대 협회장이 CG미디어를 찾았다. 협회에 가장 많은 후원금을 기부하고 있는 만큼 안면을 트고 후원사를 관리하는 것도 협회장의 주요 임무 중 하나였다.

"그러니까… 이우민 작가에 대한 비평을 해달라는 말씀이십니까?"

출판사업본부장이 인중을 쓸어내리며 두 다리를 꼬았다.

"비평도 좋고, 비난도 좋고… 아직 나이도 어린 신인 작가가 너무 기고만장한 건 아닌가 싶어서요. 사람이라면 기본적으로 인성을 갖춰야 하지 않겠습니까? 그 인성이 없어 보여요."

"그 친구가 좀… 거만한 면이 없지 않아 있긴 하지만 협회 소속 작가도 아니고… 또 예전 일도 있고……."

협회장이 우물쭈물하며 난색을 표하자 온화하던 본부장의 안색이 돌변했다.

"협회장님, 저희가 큰 걸 바라는 게 아닙니다. 그저 신문에 실리는 사설에 작가의 인품에 대해 몇 마디 말만 해주시면 됩니다."

"아무리 그래도… 이우민 작가와 악연이 있는 저희가 그런 일을 했다가는 아예 존립 자체가 위태로울 수가 있어서… 문체부에서 '보관문화훈장'을 줄 정도의 작가에게……."

회사 내에서 철저하게 지켜지는 상명하복에 익숙하던 본부장은 계속되는 협회장의 난색에 왈칵 짜증이 일었다.

"저희가 매년 출연하는 지원금이 얼만데 그 정도 일도 못 해주십니까. 자꾸 이러시면 지원을 하는 의미가 없어져 버립니다."

"아무리 그렇다고 해도… 자꾸만 분란을 일으키면 협회의 존립 자체를 다시 검토하게 될 수도 있고……."

협회장은 계속 우물쭈물거리며 대답을 미뤘다. 본부장은

생각하고 있던 최후의 패를 꺼내 들었다.

"요즘 아드님께서 일 잘하고 있다는 이야기가 심심치 않게 들려오고 있던데… 이제 곧 다가올 인사 평가 시즌에 제가 어떤 평가를 내리게 될지 모르겠군요."

세상 어떤 부모도 자식 이야기에 평정을 유지할 사람은 없다. 협회장 역시 그랬다. 안절부절못하며 어쩔 줄을 몰라 했다.

지켜보던 본부장이 답변을 재촉했다. 회장님이 직접 지시하신 일. 이 일에 자신의 자리가 걸려 있었다.

"어쩌시겠습니까?"

잠시간의 침묵.

협회장이 장고에 빠진 듯 잠시 눈을 감았다.

'지 아들놈 미래가 걸려 있는데 설마 안 한다고 하겠어.'

본부장은 자신만만한 표정으로 협회장을 쳐다보았다. 어쩔 수 없이 한다고 할 수밖에 없으리라.

"다음 회의가 잡혀 있어서 더 이상 시간을 빼기 힘듭니다."

순간 협회장이 눈을 떴다.

"저… 그게 아무래도… 별 이유도 없이 이우민 작가에게… 그러는 건 좀… 안 될 것 같습니다."

예상 밖의 대답에 본부장의 눈동자가 화등잔만 하게 커졌다.

"뭐, 뭐요?"

"그러면 답변이 된 걸로 알고 이만… 가보겠습니다… 본부장님도 바쁘다고 하시니……."

협회장이 자리에서 일어나자 본부장이 황급히 따라 일어났다. 예상 밖의 전개에 당황스러움이 가득했다.

뜻밖의 일을 만났을 때 인간은 밑바닥을 드러낸다. 본부장도 그랬다.

"아니, 정말 그냥 가겠다는 겁니까? 당신 아들 잘려도 좋아요?"

이제는 협박까지.

어눌한 말투에 자신감 없어 보이는 모습이었지만 협회장은 끝까지 협박에 굴하지 않았다.

"능력이 없다면… 잘려도 할 말이 없는 거지요… 지원금을 삭감하시겠다면… 받아들이겠습니다. 협회 회원들도… 외부에 휘둘리는 그런 모습을 바라지는 않을 거 같아서요."

말을 마친 협회장이 사무실 문을 열고 나갔다. 잔뜩 화가 난 본부장이 옆에 있던 벽을 내려치며 괜한 화풀이를 해댔다.

쾅! 쾅!

근무하던 직원들은 익숙한 소리인지 일말의 미동도 하지 않고 업무에 집중했다.

상암동에 위치한 건물을 나선 협회장이 마치 약속이라도 한 것처럼 대기하고 있던 검은색 레인지 로버에 올라탔다.

"어떻게, 이야기는 잘됐나요?"

운전대를 잡고 있던 손석민이 묻자 협회장이 품속에서 녹음기 하나를 꺼내 들었다.

"여기… 가져왔습니다… 말씀하신 대로 비슷한 내용을 말하더군요."

"수고하셨습니다. 말씀하신 일들은 걱정하지 마세요."

"아… 아닙니다. 아들놈… 일이야, 그놈 능력에 따라 결정될 일이지요. 협회에 지원해 주시는 지원금도… 그렇게까지 하지 않으셔도 됩니다."

머뭇거리던 협회장이 천천히 말을 이었다.

"비록 몇 년 전 일이고… 또 많은 부분에서 오해가 해소되었다지만… 다시 한번 이우민 작가에게… 심심한 사과를 전한다고 말씀만 해주시면 됩니다……"

표정에서부터 몸짓까지 진정성이 느껴졌다. 손석민이 알았다며 고개를 끄덕이곤 대답했다.

"알겠습니다. 그 녀석도 이미 괜찮다고 했으니까 사과를 받은 거나 마찬가지라고 생각하시면 됩니다."

"그리고 진심으로 응원하고 있다고… 꼭 한국을 대표해서 세계에 이름을 떨치는 작가가 되길 바란다고… 부탁드립니다."

그 말을 끝으로 협회장이 차에서 나가고 10분이 지났을 때 차에 우민이 올라탔다.

툭.

손석민이 뒤로 던진 녹음기를 우민이 받아 들었다.

"어디 어떤 말들이 오갔는지 들어볼까요."

우민이 플레이 버튼을 누르자 몇 분 전 CG미디어 출판사업부의 한 사무실에서 오고간 대화가 그대로 흘러나왔다.

우민을 비난하는 사설을 써달라는 요청. 그렇게 하지 않으면 지원금을 삭감하고, 협회장의 아들을 좌천시키겠다는 엄포들이 듣는 이로 하여금 절로 눈살을 찌푸리게 만들었다.

듣고 있던 우민이 진심으로 궁금하다는 듯 손석민에게 물었다.

"도대체 이 인간들은 무슨 생각으로 이런 일을 벌이는 걸까요?"

"아마 단순할 거다. 윗사람의 지시에 따르는 거지. 그렇지 않으면 지금 자신의 자리를 보전하지 못할 테고, 사회적 명성, 지위, 가족들의 생계가 일시에 사라져 버릴 테니까."

"그러면 차라리 이해라도 가지. 그 윗사람이라는 분은 나이도 적잖게 드셨으면서 왜 이렇게 비뚤어졌는지 참……."

손석민이 자동차의 시동을 걸며 대답했다.

"너도 충분히 경험하지 않았느냐. 태어날 때부터 섬김받아 온 자들이 어떤 가치관을 형성하게 되는지 말이다."

우민이 차창 밖으로 시선을 돌렸다. 그러고는 씁쓸하게 중얼거렸다.

"그런데 말입니다. 제가 일 년 동안 세계 여행을 다녀보니까 꼭 그렇지만도 않더라고요. 힘들게 또 어렵게 삶을 영위하던 사람들이 더 지독하게 변하는 경우도 많고, 다이아몬드 수저를 물고 태어나서 거만하기 이를 데 없는 아버지 밑에서 자랐음에도 타인을 배려하고, 이웃을 사랑하는 사람들도 있었어요."

우민의 말에 손석민은 대답하지 못했다. 그저 페달을 밟으며 차의 속도를 높일 뿐이었다.

"사는 게 다 그렇지 뭐."

"그러네요……."

우민이 입맛을 다셨다. 쓴맛이 밀려들었다. 비록 자신의 생각대로 일이 진행되고 있었지만 한편으로는 그렇게 되지 않기를 바랐다. 그러나 그 바람은 허무한 망상에 불과함을 다시 한번 깨달았다.

제4장
모범 시민 II

5,841,910원.

ATM기가 뱉어낸 통장에 찍혀 있는 숫자였다. 김승완은 방송에서 보이던 자신감 넘치는 모습은 온데간데없이 그저 망연자실한 표정으로 통장에 찍힌 액수를 바라보았다.

"치사한 놈. 월급은 그렇다 치고 협회에서 주는 지원금까지 끊어?"

월세에, 각종 공과금, 핸드폰, 카드값 등이 빠져나가면 아무리 절약해도 80만 원이 빠져나간다.

580만 원이면 앞으로 7달밖에 버틸 수 없다.

"만약 오디션에서 떨어진다고 하면… 다른 일자리를 구해 봐야겠군."

아마 충무로 쪽에서는 자리를 찾기 쉽지 않을 것이다. 아니면 독립 영화 쪽으로 눈을 돌려야 하는데 수많은 독립 영화의 제작비가 CG미디어를 통해 공급되고 있다.

CG미디어의 간판 감독에게 찍힌 자신이 들어갈 자리는 없을 터.

"가을 안개에는 풍년이 든다."

김승완은 문득 어릴 시절 시골에서 농사를 짓던 아버지가 하신 말을 떠올렸다.

지금 자신의 처지에 딱 들어맞는 말이라 생각했다. 마치 안개 속을 걷고 있는 기분. 안개가 사라졌을 때 따뜻한 햇살이 비추고 있을지 궂은비가 내리고 있을지 전혀 짐작이 가질 않았다.

"그러니 더욱 열심히 하거라."

농부였던 아버지는 그저 열심히 하면 된다며 항상 '열심히'를 강조하셨다.

"과연… 될까요……."

통장 잔고를 확인하자 넘쳤던 자신감이 사그라졌다. 김승완이 ATM에서 벗어나 은행 문을 열고 나가려는 순간 핸드폰이 진동음을 내며 부르르 몸을 떨었다.

핸드폰을 열어 확인해 보니 도착한 문자.

[Web발신]
농협
입금 4,000,000원
W 출판사
잔액 9,841,910원

"진짜 주는 거였어?"
오디션에 지원하면서 계약서를 한 장 받았었다.

(회당 출연료는 일금 사백만 원으로 정한다.)

당시에 정말로 지급되는지 몇 번 물었지만 그때마다 돌아온 대답은 'YES'.

자신이 알고 있기로 오디션 프로그램에서 출연자들에게 돈을 지급하는 경우는 없다.

띠링.

띠링.

띠링.

띠링.

띠링.

그 돈은 김승완에게만 입금된 돈은 아니었다. '더 디렉터'라
는 프로그램에 지원한 전 출연자들에게 계약서에 책정된 소정
의 출연료가 지급되었다.

*　　　　　*　　　　　*

손석민이 작가 그룹 사무실에서 한창 글을 쓰고 있는 우민
의 등 뒤에 대고 말했다.

"다 지급했다."

"잘하셨어요."

우민은 뒤돌아보지도 않고 키보드를 두드렸다. 키보드는 무
접점 방식의 해피해킹 프로2. 특유의 서걱거리는 소리가 마치
노래처럼 귀를 간질였다.

"오디션 프로는 대부분의 방송사에서 출연료를 지급하지
않는 건 알고 있지?"

우민이 굳이 대답하지 않았다. 침묵은 곧 긍정. 손석민이
답답하다는 듯 물었다.

"그렇게 나간 돈만 해도 얼마인지 알고 있지?"

객관적으로 생각해도 많은 돈을 벌었다. 벌써 30억대 빌딩이 2채에 은행에서는 진작 VVIP 대우를 해주었다.

그래도 이렇게 돈을 써대다가 만약 돈줄이 막힌다면? 손석민은 생각만 해도 아찔했다.

"우민아, 하루 종일 지폐 계수기를 돌려도 모자랄 정도의 돈을 버는 사업가들도 리스크 관리를 못해 한 번에 무너진다."

"그 사람들은 그 이상의 돈을 더 벌지 못했기 때문이고요."

"허허……."

우민의 대답에 손석민은 이제 헛웃음이 나왔다. 이럴 걸 알고 있었으면서도 왜 자꾸만 걱정이 되는 걸까.

이런 게 팔십 먹은 노모가 쉰 살의 아들이 혹여 아침밥 챙겨 먹지 않을까 걱정하는 마음인 것인가.

"아저씨가 걱정하시는 점은 잘 알고 있어요. 그렇다고 해서 잘못된 관행을 따라 할 생각은 전혀 없습니다."

"휴우… 알았다."

체념한 손석민이 슬쩍 고개를 내밀어 우민이 쓰고 있는 글을 살펴보았다.

无限记录.

지금까지 낸 소설 중에 한자로 된 소설은 없었다. 그렇다는 말은……

"중국을 겨냥해서 쓰는 거냐?"

"오시엔지루. 우리나라 말로 '무한록'이에요."

"오… 확실히 제목이 뭔가 중국스러운데?"

"이 글 쓰려고 중국 웹소설 사이트에 올라와 있는 소설을 얼마나 훑어봤는지 모릅니다."

손석민이 좀 더 고개를 기울여 모니터를 보았다. 제목뿐만이 아니라 본문의 내용까지 중국어로 쓰여 있었다.

어린 시절부터 중국어를 공부하고 있다는 사실은 알고 있었다. 그런데 중국어로 글을 쓸 정도가 되었다? 가히 언어에 관해서는 천재라는 말이 부족했다.

"그런데… 이걸 다 중국어로 쓴 거야?"

"중국 시장을 겨냥한 소설이니까요."

너무나 태연하게 대답하는 우민의 모습에 손석민이 마른침을 삼켰다.

"그, 그렇기야 한데… 그냥 번역을 맡기는 방법도 있잖아."

"그러면 특유의 감칠맛이 사라져요. 왜 한국에서도 '푸르딩딩하다'처럼 외국어로 번역하기 힘든 말들이 있잖아요. 그런 말들이 왜곡되어 전해지는 게 싫습니다."

우민의 말에 방금 전 했던 돈에 대한 걱정은 싹 달아났다.

우민의 요청대로 중국 시장 진출을 준비하며 조사한 바에 따르면 중국 출판 시장 규모가 10조 원이 넘는다.

특히 그 안에서 웹소설 시장 쪽이 폭발적으로 성장하는 중이었다.

웹소설 이용 인구만 3억. 인터넷 이용자 2명 중 1명꼴이며, 글의 판권이 1,000억 원에 팔리는 경우도 심심치 않게 나오고 있었다. 미국에 이어 중국에 진출해 성공하기만 한다면 전 세계의 마음을 사로잡은 거나 마찬가지 아닐까?

"그, 그렇지. 능력만 된다면 작가가 단어의 의미 하나하나를 명확하게 살려서 표현하는 게 가장 좋은 방법이지."

다시 방 안은 조용해졌고, 서걱거리는 키보드 소리밖에 들리지 않았다. 손석민은 혹여 방해가 될까, 까치 발을 들고 뒷걸음치다시피 조용히 우민의 사무실을 나왔다.

*   *   *

문체부 정기 회의 시간.

차관의 보고에 장관은 머리가 지끈거리는지 미간을 쓸어내리고 연신 관자놀이를 마사지했다.

"그래서, 결국 훈장은 거부하겠다는 말로 알아들으면 되는 건가?"

"결론부터 말하자면 그렇게 됐습니다."

"흐음……."

그리고 이어진 긴 한숨.

생각을 마친 장관이 말을 이었다.

"본인이 싫다면 할 수 없지… 일단 이우민 작가는 수상 거부하는 걸로 처리하자고. 작가가 제안한 건 일단 나도 고민을 좀 해볼 테니까 보류해 두고."

"장관님, 이우민 작가는 국가 인재풀에서도 '가급'으로 분류되어 있는 관리 대상입니다. 그의 영향력이 상당하니 국무회의 때 한번 말씀이라도 해보시는 건 어떨까요. '적폐 청산'이라는 정부의 기조에도 맞고, 그쪽에서 확실한 증거를 가지고 있다는 뉘앙스를 풍겼습니다."

장관이 절레절레 고개를 저었다.

"확실한 증거가 있어도 기업 활동을 방해한다며 정부와 각을 세우는 게 국회야. 더구나 CG미디어라면… 여기저기 손이 닿지 않는 곳이 없다는 사실을 자네도 알지 않나."

차관은 입을 다물었다. 한국에서 재벌의 영향력은 권력 위의 권력. 정권이 바뀌어도 그들의 힘은 변함없이 각계각층에 퍼져 있었다.

"오늘 회의는 여기까지 하지. 훈장 수여 대상자들은 내가 국무회의 때 보고할 테니까 명단 확정되면 보도 자료 배포하고, 시상 준비할 수 있도록 해."

장관의 말로 그날의 회의가 끝을 맺었다.

며칠 뒤.

문체부에서 배포한 보도 자료를 기자들이 실어 날랐다.

<이우민 작가 '보관문화훈장' 거부>

문체부가 올해 문화 예술인들을 대상으로 하는 문화훈장 대상자를 발표했다.

이 중 '떨어진 달', 'Indignation', 그리고 '더 디렉터'의 작가로 흥행몰이를 하고 있는 이우민 작가에게 '보관문화훈장'이 수여될 예정이었으나 작가 본인의 거부 의사로 시상이 좌절되었다.

공식적인 발표에 의하면 이우민 작가의 개인적인 사정으로 수상을 거부했다고 알려졌으나, 문체부 한 관계자의 말에 따르면 이우민 작가가 얼마 전 받았던 '세무조사'에 대한 반발로 수상 거부를 한 것이라는 소식을 전했다.

전체 댓글(19,588)

└goaal3***: 극혐. 미국 물 먹더니 뵈는 게 없나 봄.

└hyyuyu***: 노답이네. 왠 수상 거부? 군대나 가라.

└lldd23ll***: 떨어진 달 그거 외국 소설 표절했다던데 사실임?

└23aaff***: 작가 그룹 운영하면서 대필한다는 소문도 있음.

└kore***: 대한민국 국민이면 세무조사 당연히 받아야지. 세금 내기 싫으면 우리나라 떠나라.

부정적인 여론이 상당 부분 차지하고 있었다. 하지만 개중에는 우민을 두둔하는 네티즌들도 열심히 키보드를 두드렸다.

└hml***: 훈장 받고 말고는 개인의 자유 아니냐?

└hey6***: 미국으로 귀화 안 하고 우리나라에서 글 써주는 것만 해도 감사하게 생각해라. 응?

└fami***: 열폭하는 개티즌 인성 보소ㅋㅋㅋㅋ 한상기 기자는 '한 문체부 관계자'가 누군지나 밝혀라.

└pete***: 이우민 작가 혼자 내는 세금이 우리나라 몇천 명이 내는 세금 액수랑 비슷할걸? 더구나 조사 결과 깔 게 없어서 모범 납세자 선정하지 않았냐?

만 개를 넘어 이만 개에 다다른 댓글이 우민에 대한 전 국민적 관심을 방증하고 있었다.

그런 가운데 댓글로 하나의 영상이 링크되어 올라왔다.

└top***: 긴말 말고 http://goo.ki.cc 이 동영상 내용이나 확인해 봐라.

링크를 클릭하여 들어가 보면 'K대 이우민 작가 강연 동영상'이라는 이름으로 하나의 동영상이 올라와 있었다.

—우리나라에서도 할리우드를 뛰어넘는 세계적인 영화가 충분히 나올 수 있다고 생각했습니다.
—세계인의 입에 오르내리는 재밌는 영화.
—그런 영화를 우리 손으로 만들고 싶었습니다.

편집된 영상에는 몇몇 주요 단어들이 배경음악과 함께 흘러나왔다. 영상만 본다면 '이우민'은 세상에 다시없을 애국자. 나라를 생각하는 마음이 그 누구보다 큰 한국인이었다.

몇천에 불과하던 영상의 조회 수는 기사가 이슈화되어 수직 상승했다. 몇만을 넘어 수십만을 기록하고 다시 공중파를 통해 영상이 소개되었다.

*   *   *

국무회의를 주관하고 있던 총리 '박선'이 문체부 장관에게 물었다.

"장관님이 생각하기에는 어떤가요. 저런 강연을 하고 다니는 친구가 정말 무리한 '세무조사'에 대한 반발로 수상을 거부했다고 생각하십니까?"

"꼭 그런 건 아니라고 생각합니다."

"저 '문체부 한 관계자'의 발언은 어떻게 된 겁니까?"

"한번 확인해 보겠습니다."

"기재부 장관이 왜 세무조사가 시작되었는지 국세청에도 한번 확인해 보세요. 듣기로는 유일한 절세 방법이 기부였다는데, 그러면 자세히 살펴볼 필요도 없었을 것 같은 생각이 드는군요. 무리한 조사는 아니었는지, 절차대로 진행되었는지 한번 확인해 보세요."

국무총리의 말에 기재부 장관이 고개를 끄덕였다. 제42회 국무회의도 그렇게 마무리되었다.

＊　　　　＊　　　　＊

작가 그룹 사무실로 출근한 카타리나가 인터넷을 검색해 보았다.

1. 이우민
2. 이우민 작가

잘생긴 젊은 작가가 만들어내는 논란이 대중들의 관심을 독차지하고 있었다.

클릭하여 들어가니 나오는 연관 검색어.

이우민 미국. 이우민 노벨 문학상. 이우민 유민아.

기사를 검색하다 보니 자신에 대한 말은 일언반구 없었다. 특히나 연관 검색어에 떠 있는 유민아라는 이름이 눈에 거슬렸다.

"뭐야, 내 이름은 없잖아."

괜스레 뿔이 났다. 초록색 인터넷 검색창에 '이우민 카타리나'를 쳐서 검색해 보았다.

해당 검색어에 대한 검색 정보는 존재하지 않습니다.

어이가 없어 다른 일은 하지 못하고 멍하니 화면만 바라보았다.

"헐… 함께 일한 게 몇 년인데 검색이 안 돼? 여기 완전 구리네."

답답해하던 카타리나가 전 세계 최대 검색 사이트에 다시 우민과 자신의 이름을 넣고 검색해 보았다.

넷링크 인기 드라마 'Indignation'의 작가 이우민, 카타리나 켈리.

수년 전 기사였다. 이번에는 한국어가 아닌 영어를 넣고 검색해 보자 그제야 5 페이지가 넘어가는 글들이 화면에 나타났다.

"아침부터 뭘 그렇게 열심히 하냐?"

보통 여자들 같으면 갑작스러운 출현에 화들짝 놀라기도 하련만 카타리나는 전혀 그런 게 없었다. 아주 태연하게 대답했다.

"이우민 연관 검색어에 내 이름은 없는지 찾아보는 중이다."

"…정말 할 짓이 없구나."

"아니, 그렇잖아. 작가 그룹 사무실에서 함께 일도 하고, 미국에서는 같이 드라마까지 만들어, 더구나 너랑 나랑은 같은 학교 출신이잖아. 당연히 연관 검색어에 내 이름이 나와야 하는 거 아냐?"

할 말을 잃은 우민이 포기하고 사무실 내 자신의 방으로 들어가려 했다. 자리에서 벌떡 일어난 카타리나가 우민의 손목을 잡아챘다.

"안 되겠어."

"뭐가."

"이대로는 안 돼."

"그러니까 안 되는 게 뭐냐고."

우민은 굳이 카타리나의 손길을 뿌리치지 않았다. 그것만으로도 장족의 발전이라 할 수 있었다. 카타리나는 거기서 만족하지 못하겠다는 듯 우민을 잡아끌며 밖으로 나가려 했다.

"어디 보자, 여기서 가장 가까운 번화가가 어디였더라… 그래, 가로수길. 가로수길 가서 진하게 키스라도 한 번 하고 오자."

키스.

혀와 혀가 오가며 체액을 나누는 연인들의 행위. 무슨 생각으로 이런 말을 서슴없이 하는지 궁금했지만 우민은 차마 물어보지 못했다.

약간은 상기된 얼굴로 당황해할 뿐이었다.

"보, 보자 보자 하니까. 여자애가 못 하는 소리가 없네."

그런 우민의 태도에 카타리나는 오히려 몸을 바짝 붙이며 우민의 입술을 찾아 고개를 움직였다.

"그리고 보니 너 첫 키스 아직 안 해봤지? 이 누나가 가르쳐 줄 수 있는데. 어때?"

이른 아침.

아직 가시지 않은 카타리나의 샴푸 향이 우민의 코끝을 간질렸다. 코앞까지 다가온 탓일까. 우민의 시야에는 카타리나의 얼굴밖에 보이지 않았다.

그중에서도 분홍빛을 띠는 입술이 유독 도드라져 보였다.

서서히, 하지만 아주 확실하게. 그리고 계속 가까이 다가오기만 했다.

카타리나는 멈출 생각이 없는 듯 입술을 앞으로 내밀었다.

당혹감 때문인지 우민은 얼음이 되어버렸고, 이제는 종이한 장 지나갈 틈밖에 남지 않았다.

벌컥.

순간 문이 열리고, 사무실 사람들이 모습을 드러냈다. 놀란 우민은 뒷걸음질을 치다 넘어졌고 카타리나가 아쉽다는 듯 윗입술을 축이며 입맛을 다셨다.

마치 포식자와 피식자를 연상케 하는 모습이었다.

*   *   *

부끄러움 때문일까. 우민은 점심시간이 되도록 방에서 나오지 않았다. 밖에서는 우민의 반응에 대한 해석으로 갑론을박이 한창이었다.

가장 먼저 포문을 연 사람은 두 사람의 애정 행각을 직접 목격한 전석영이었다.

"하긴 저는 예전부터 두 분 사이가 심상치 않다는 걸 알아 봤다니까요."

카타리나가 기분 좋은 웃음을 터뜨렸다.

"그랬어? 하긴 티가 안 날 수 없었겠지."

남녀의 연애사는 만고의 궁금증. 함수호도 호기심을 참지 못하고 물었다.

"언제부터 그렇게 된 거예요?"

카타리나가 턱을 괴고는 생각에 빠졌다.

"흐음… 그게 언제부터였나."

송민영도 궁금한지 두 손은 키보드 위에, 두 눈은 모니터에 고정되어 있었지만 두 귀만은 쫑긋 세워져 있었다.

"서로의 마음을 확인한 건 아마 그때였을 거야."

그때.

그때가 언제일까.

그때 도대체 무슨 일이 있었던 것일까.

사람들의 궁금증이 한층 강해졌다.

"어느 날 잔디밭에 앉아 있는 나에게 우민이 대뜸 '시'를 선 물했어."

전석영이 참지 못하고 감탄사를 터뜨렸다.

"캬아! '시'라니. 역시 우민 작가님! 뭔데요, 무슨 내용인데 요?"

이제는 송민영도 모니터에서 고개를 돌려 카타리나를 바라보았다.

"제목은 타냐에게, 였어."

"타냐?"

"내 애칭."

"아!"

함수호가 참지 못하고 전석영을 제지했다.

"야, 지방방송은 좀 끄자. 지금 그게 중요한 게 아니잖아."

송민영도 열렬히 고개를 끄덕이며 동조했다. 전석영이 입을 다물었고, 카타리나가 말을 이었다.

"첫 구절은 이렇게 시작해. '타냐에게, 향기로운 관계가 주는 즐거움에 흠뻑 빠졌다.'"

전석영이 자신도 모르게 또다시 감탄사를 터뜨렸다.

"캬아!"

함수호와 송민영이 한마음 한뜻으로 전석영의 입을 막았다.

"빠져나오려 해도 묻어버린 체취는 사라지지 않았다."

"읍… 우읍."

입이 막힌 전석영이 앓는 소리를 냈다. 카타리나가 다음 구절을 읽으려 할 때 문이 열리며 우민이 밖으로 나왔다.

"장엄한 시간 뒤, 향기마저 희미해진다 해도."

우민이 떫은 표정으로 카타리나를 바라보았다.

"언제적 거를 아직도……."

우민의 중얼거림은 들리지도 않는지 사람들은 카타리나의 입만을 바라보고 있었다.

"싱그러움 가득 담아 '타냐' 널 만나러 가겠다. 그렇게 하겠다."

기어코 끝까지 읊조린 카타리나가 상큼하게 웃어 보였다. 다른 세 명은 아직 감동의 여운이 끝나지 않았는지 눈을 감고 있었다.

지켜보던 우민이 들고 나온 종이 뭉치로 책상을 두 번, 탁탁 소리 나도록 쳤다.

그제야 하나둘 눈을 뜬 사람들을 보며 우민이 들고 나온 종이 뭉치를 나눠주었다.

그러나 사람들의 관심은 그게 아니었다. 나름 'K대 국어국문학과'라는 타이틀을 가지고 있던 전석영이 침을 튀겨가며 입을 열었다.

"작가님, 시도 쓰세요? 혹시 또 다른 시도 있나요? 저도 고등학교 때 꿈이 시인이었는데… '너에게 가겠다. 그렇게 하겠다', 우와, 운율감이 보통이 아닌데요."

"거기에 적혀 있는 내용이 뭐냐 하면……."

우민이 채 말을 다 하지 못하고 입을 닫았다. 이번에는 송민영의 두 눈에서 하트가 쏘아져 나오는 중이었다.

"얼마 뒤 기자회견장에서 읽을 연설문인데 글 쓰실 때 참고하라고 가져……."

귀를 닫은 송민영이 우민의 말이 끝나기도 전에 입을 열었다.

"가, 같은 여자로서 카타리나가 정말 부럽네요. 호, 혹시 팬에게 주는 헌정 시 같은 건 없을까요?"

"아니, 그게 아니라… 이번 논란에 대해 입장 표명을 해야 할 것 같아서 기자회견을 하는데……."

사무실 내에서 우민의 말을 듣는 사람은 아무도 없었다.

*　　　*　　　*

우민이 단상으로 들어서 들고 온 종이를 살포시 내려놓았다. 손석민이 걱정 가득한 눈빛으로 우민을 바라보았다.

'아무리 생각해도 괜히 하자고 했어.'

우민이 먼저 이번 논란에 대한 입장 표명을 하고 싶다며 기자들을 모아달라고 했다. 손석민이 걱정하는 가장 큰 이유는 여러 차례의 기자회견을 하는 동안 조용히 넘어가는 법이 없었기 때문이다.

그래도 최대한 걱정하지 않으려 노력했다.

'이제 나이도 있으니까…….'

21살의 성인.

손석민은 머릿속에 가득 차 있는 번민을 내려놓고 우민이 하는 양을 지켜보았다. 마침 단상 위로 올라선 우민이 천천히 좌중을 둘러보며 아래에 놓여 있는 공식 입장을 읽어나갔다.

―이우민. 수상 거부의 변.

―이제는 '작가'라 불려도 어색하지 않은 위치에 서게 된 작가 이우민이라고 합니다.

시작부터 자신만만한 말투에 나이가 주는 권위에 기댈 수밖에 없는 사람들은 눈살을 찌푸렸다.

―다름이 아니라 이번 '보관문화훈장' 수상 거부에 대한 각종 억측이 논란을 가중시키고 있어, 공식적인 입장을 내놓게 되었습니다.

―기사를 확인해 보니 '문체부의 한 관계자'라는 미명의 발언을 토대로, 제가 무리한 '세무조사'에 대한 반발로써 수상 거부를 했다고 하더군요, 하하하.

말을 하던 우민이 살짝 웃음을 보였다. 여유로워 보이는 태도, 어쩌면 약간의 빈정거림까지 섞여 있어 듣는 사람들을 불편하게 만들었다.

지켜보고 있던 손석민은 조마조마한 심정으로 두 손을 꼭 맞붙잡았다.

'설마 저놈이 또……'

논란이 생길 때마다 조용히 지나가는 법이 없었다. 거기에 기름을 붓고, 불을 질러 버린다.

—하하…….

비아냥거리는 듯한 태도에 기자회견장에 정적이 찾아왔다. 우민은 불을 질러 버리는 것에서 그치지 않고 폭탄을 던져 버렸다.

—'보관문화훈장', 그게 그렇게 대단한 겁니까?

정적보다 더한 고요.

'괴괴하다'라는 표현이 딱 들어맞았다.

—부패한 관료들, 선거철에만 고개를 숙이는 국회의원. 그들이 쿵짝쿵짝 해서 주는 훈장. 그게 무슨 의미가 있나.

찰칵.

누군가 적막을 깨며 셔터를 눌렀다. 그 소리에 정신을 차린 기자들이 눈에도 보이지 않을 속도로 셔터를 눌러댔다.

—무슨 의미가 있나… 하는 생각이 들었습니다.

기자회견장은 점차 소란스러워졌다. 착석해 있던 기자들은 궁금한 게 많은지 사방팔방에서 손을 들었다. 옆에서 초조하게 우민을 지켜보던 손석민이 마이크에 입을 가져다 댔다.

—질문은 잠시 뒤 한 번에 받겠습니다.

손석민의 말에 기자들이 하나둘 손을 내렸다. 상황이 정리되자 우민이 마이크에 입을 가져갔다.

—하지만 '자유 훈장'은 어떨까요? 그 훈장이 주는 권위가 얼마나 대단한지 이름만 대면 알 만한 유력 정치인이 연락도 하지 않는데 먼저 저를 찾아오더군요.

우민은 쉬지 않고 몰아쳤다. 사람들이 생각할 시간을 주지 않고 준비해 온 '수상 거부의 변'을 읽어나갔다.

　—같은 '훈장'이었지만 사뭇 다른 모습이었습니다.

　우민이 가져온 내용도 서서히 끝을 향해 달려갔다. 마치 광
산에서 금을 캐기 위해 폭탄을 터뜨리듯이, 과감한 시작은 뒤
에 있을 반전을 위한 장치에 불과했다.

　—저는 우리나라에서 수여되는 훈장이 이러한 권위를
가질 수 있도록 노력하고 있습니다. 그리고 가장 먼저 그
'상'을 받도록 하기 위해 수상을 거부하였습니다.
　—상이 권위를 가지기 위해서는 상을 내리는 주체가 힘
이 있어야 합니다. 우리나라가 세계 최고의 문화 강국이
라면 어떨까요? 전 세계인이 우리나라에서 생산되는 영
화, 소설, 방송에 열광하게 된다면 어떻게 될까요?
　—굳이 말하지 않아도 아실 거라 생각합니다.
　—저는 대한민국을 그렇게 만들기 위해 노력하고 있습
니다. 그 첫 번째로 진행하는 프로젝트가 '더 디렉터'.
전 세계에서 인기 작가로 군림하고 있는 저의 원작 소설
을 토대로 한 영화를……

말을 하던 우민이 오른손 집게손가락으로 바닥을 가리켰다.

─바로 이곳에서 만드는 겁니다.

찰각거리는 소리와 함께 또다시 플래시 세례가 이어졌다.

─전 세계인이 보는 책, 영화, 방송이 만들어지는 문화 예술의 중심지. 한류가 현상을 넘어 21세기 세계인의 머릿속을 관통하는 한 축이 되도록 하겠습니다.

우민의 기자회견도 이제 막바지를 향해가고 있음을 자리에 참석한 모두가 느끼고 있었다.

그때 자리에 착석해 있던 누군가 손을 들었다. 손석민이 제지하기 위해 입을 열었다.

─질문은 잠시 뒤 받겠습…….

우민이 손을 들어 손석민을 제지했다. 웃고 있는 표정을 보니 누군지 아는 눈치.

그제야 손석민도 누군지 알아차리고는 입가에 희미한 미소를 보였다.

얼핏 보기에 40대 중후반의 나이. 남자는 마이크도 없이 배에서 나오는 발성만으로 기자회견장을 쩌렁쩌렁 울렸다.

"자신 있으십니까?"

—누구보다 잘 아실 거라 생각합니다.

"그럼 이번에도 한번 믿어보겠습니다."

씨익.

남자의 웃음에 우민도 환하게 입꼬리를 올리며 화답했다.

어린 시절 자신을 위해 불철주야 노력해 주셨던 선생님.

스승의 은혜는 하늘 같다는 말을 몸소 실천하여 보여주신 분.

남일원 선생님.

바로 그였다.

*   *   *

휴우.

기자회견이 다 끝나자 손석민이 안도의 한숨을 내쉬었다.

생각보다는 순조롭게 마무리되었다.

그 마음을 안다는 듯 남일원이 다가와 손을 내밀었다.

"하하, 여전히 고생 많으십니다."

이제는 귀밑머리가 희끗했다. 세월의 흐름을 비껴가지 못하고, 얼굴 곳곳에 잔주름이 가득했다.

"아닙니다. 제가 우민이 덕을 많이 보고 있습니다."

악수를 나눈 남일원이 우민이 쪽을 바라보았다. 울 듯 웃을 듯 약간은 찡그린 채 우민은 서 있었다.

남일원이 먼저 입을 열었다.

"많이 컸구나."

우민은 성장했다. 185㎝의 키에 어깨는 떡 벌어져 있었고, 전체적으로 다부지다는 인상을 주었다.

갓 초등학교에 입학했을 때는 왜소한 꽃미모를 가지고 있었던 소년이 이제는 야생의 매력을 풀풀 풍기는 남자로 성장해 있었다.

"선생님은 변함이 없으시네요."

오랜만의 만남에 어색했는지 남일원이 자신의 볼을 쓸어내렸다.

"그런가."

"여전히 기대고 싶을 만큼 태산같이 보이세요."

"허허, 이 녀석 그새 아부하는 기술이 늘었어."

"선생님도 아시잖아요. 저 빈말 못 하는 사람인 거."

말을 하던 우민이 한 걸음 움직여 남일원에게 다가갔다.

이심전심.

남일원도 우민이 하고자 하는 행동의 뜻을 파악하고는 두 팔을 벌렸다.

"그래, 어디 태산에 한번 안겨보거라."

꽈악.

우민이 남일원의 품에 안겼다. 마치 아버지가 있다면 이런 모습일까.

서로를 끌어안고 아무런 대화도 나누고 있지 않았지만 마음에서 마음으로 하고 싶은 말이 전달되고 있는 것처럼 보였다.

손석민이 찡해진 코끝을 쓸어내렸다.

'부럽네……'

자신도 우민에게 저런 사람이 되고 싶었다. 그러나 시작점이 달라서일까. 절대로 될 수 없다는 것을 누구보다 자신이 잘 알고 있었다.

"죄송합니다, 선생님. 먼저 찾아뵀어야 하는데……"

기자회견장에 함께 와 있던 카타리나가 자신의 눈을 비볐다.

남자와 포옹을 하는 장면도 어색해 죽겠는데 죄송하다니. 지금껏 자신이 이우민이라는 친구를 알아오면서 '미안하다',

'죄송하다'라는 말을 들어본 적이 있었던가?

기억이 날 듯 말 듯 어렴풋했다.

그만큼 희귀한 일이라는 뜻.

더 놀라운 일은 그다음에 벌어졌다.

"괜찮다. 바쁘다 보면 그럴 수도 있지 뭐."

남일원의 따뜻한 말 한마디에 우민의 두 눈가에 그렁그렁 눈물이 맺혔다.

'설마 눈물?'

카타리나가 손석민을 쳐다보았다. 그러나 손석민은 당연하다는 듯한 반응.

대충 얘기를 들어보니 과거 우민을 가르쳤던 선생 중 한 명인 것 같은데 상황을 보니 그 이상의 관계를 가졌던 것으로 보였다.

"아니에요… 빠르게 달리기만 하다 보니 놓치고, 또 잊고 있는 게 많습니다."

남일원이 그런 우민의 등을 토닥거렸다.

"다 안고 갈 수는 없는 법이야. 시간이 지나면 잊고, 또 버려야 새로운 걸 채우지."

남일원의 말에 우민은 토를 달지 않았다. 언제나 이겨먹어야 직성이 풀리는 놈이 받아들이며 수긍하고 있었다.

카타리나는 둘의 관계가 진심으로 궁금해졌다.

감격적인 해후가 끝이 나고, 조용한 곳으로 자리를 옮겼다. 남일원은 찾아온 목적이 따로 있는 눈치였다. 눈치 빠른 우민이 그런 기색을 알아차리지 못할 리 없었다.

우민이 먼저 자리를 깔았다.

"하시고 싶은 말씀 있으시면 편하게 하세요."

뭐라고 말을 시작해야 할지 약간은 망설이는 기색.

오랜만에 찾아와서 일 이야기를 하는 것 같은 죄책감에 남일원이 쉽사리 입을 열지 못했다.

"선생님, 저는 아직 8살 때 초등학교에 갓 입학해서 맹랑한 말로 선생님을 놀라게 하던 아이에 불과해요."

우민의 연이은 설득에 남일원도 긴장이 풀렸는지 바로 본론으로 들어갔다.

"사실은… 내가 지금 교육청 장학사로 재직 중인데……."

장학사.

일선 학교에서 학생들을 가르치는 것이 아니라 교육청에서 근무하며 행정 일을 하는 직종으로 승진을 위해 필수로 거쳐야 하는 보직으로 알려져 있다.

그 뒤로 이어진 설명은 그리 놀라울 것 없는 이야기였다. 교육청에서 이번에 글쓰기 창작 대회를 하는데 심사 위원으로 참여해 달라는 요청이었다.

초등학교에 입학하자마자 남일원의 권유로 시작했던 수많은 공모전들이 머릿속에서 점멸했다.

"별일도 아니네요. 당연히 해야죠. 저도 어떻게 보면 교육청 공모전으로 등단한 몸인데요."

우민은 흔쾌히 하겠다며, 별일도 아니라며 남일원을 안심시켰다.

"그렇게 말해주니… 고맙구나."

"개의치 않으셔도 됩니다. 오히려 이런 것밖에 못 해드려서 죄송할 따름이에요."

남일원은 더 이상 그 이야기를 하고 싶지 않은지 화제를 돌렸다.

"하하, 이렇게 잘 자란 모습을 보니 내가 다 기분이 좋구나. 보관문화훈장을 거부했다는 소식은 나도 들었다. 그래서 겸사겸사 해서 한번 찾아와 봤더니 '역시나'였어."

"사람 본성이 어딜 가겠어요. 아직 8살 때 '이우민' 그대롭니다."

그렇게 둘은 시간 가는 줄 모르고 이야기꽃을 피웠다.

*　　　　*　　　　*

같은 시각.

실시간으로 전해져 오는 장완웅의 귀에 자신도 어쩔 수 없는 힘이 개입될 수 있음을 시사하는 내용이 들렸다.

그는 둘이 자주 가는 서울 시내 한 호텔로 장완석을 불러내 싱싱한 회 한 점을 삼키곤 입을 열었다.

"일이… 너무 커져 버렸다."

듣고 있던 장완석은 실망스러움을 금치 못했다. 그러고는 앞에 놓인 고급 양주를 스트레이트로 마셔 버렸다.

탁.

유리잔이 식탁 위에 부딪치며 경쾌한 소리를 만들었다.

"일이 커지다니요?"

"더 이상 이우민 작가 관련 일은 손 떼라는 말이다. 관련 인물, 관련 업계 등등 전부 다."

장완웅도 앞에 놓여 있는 고급 위스키를 한 잔 따라 마셨다. 40도가 넘는 알코올이 목구멍을 타고 넘어가며 위를 뜨겁게 달구었다.

자존심이 상해서인지 술 때문인지 장완석이 얼굴을 붉혀가며 반발했다.

"형님! 겨우 작가 한 명입니다. 그런 천둥벌거숭이 같은 놈을 그냥 두자는 말씀이십니까!"

"그렇게 하라면 그렇게 해."

조용하지만 묵직한 목소리.

이럴 때 반항했다가는 좋은 꼴 못 본다는 사실을 알고 있었지만 술기운을 빌어 장완석이 목소리를 높였다.

"형님, 그놈이 제 조연출도 빼갔습니다. 더구나 감독 자리로 어찌나 간을 보던지. 그런 놈은 업계에서 매장시켜 버려야 한다고요!"

탁.

이번에는 장완웅이 탁자에 술잔을 내려놓았다. 고급스러운 대리석 탁자, 그에 못지않은 비싼 술잔. 그 둘이 부딪치며 경쾌한 소리가 울려 퍼졌다.

"그래서?"

한층 더 나직해진 목소리.

장완웅은 화가 날수록 목소리가 낮아진다. 낌새를 눈치챈 장완석이 약간 움츠러들었다.

"정말 이대로 둘 수밖에 없는 겁니까? 저희가 누굽니까. 충무로를 넘어 한국 문화 예술계를 꽉 잡고 있는 사람들 아닙니까."

작전을 바꿔 장완웅의 자존심에 호소했다.

전략이 통한 것인지 장완웅의 볼이 씰룩거렸다.

"이번만큼은 그냥… 넘어가자."

"형님!"

쨍그랑.

장완웅이 던진 술잔이 장완석의 뒤로 날아가 벽에 부딪쳐 산산조각 나며 흩어졌다.

놀란 장완석의 표정이 얼음장처럼 굳어졌다.

"말해봐, 왜."

으르렁거리는 소리에 장완석이 움찔 몸을 떨었다. 흡사 커다란 불곰을 연상케 하는 체형에서 살벌한 기운이 피어올랐다. 자칫 입 한 번 잘못 놀렸다가는 오늘 어린 시절의 아찔했던 기억을 다시 떠올리게 될지도 모른다.

장완석은 술에 취해 제대로 돌아가지 않는 머리를 빠르게 굴렸다.

"그, 그냥 이유라도 알면 답답하지는 않을 것 같습니다."

장완석은 최대한 정중하게 말했다. 형, 동생의 관계에서 나오는 태도가 아니라 하급자가 상급자에게 물어보는 자세. 딱 그 포지션을 견지했다.

"VIP가 직접 지시할 것 같다."

장완석은 얼떨떨한지 말을 떨었다.

"브, 브이아이피가 왜……."

"그거야 나도 모르지."

"……."

"그러니까 조용히 묻어둬. 혹시나 걸릴 만한 게 있으면 빠르게 정리해라. 괜히 입에 오르내리다가 검찰청 포토존에 서지 말고."

장완석은 술이 번쩍 깨는 기분이었다. 40도가 넘는 알코올이 한 방에 날아갔다.

VIP. 또 다른 말로 대통령.

그가 직접 관심을 가지고 지켜본다는 뜻이었다.

"아, 알겠습니다."

장완석은 여전히 믿기지가 않았다. 그렇다고 장완웅이 거짓말을 할 사람도 아니었다.

믿기지 않았지만 '이우민'은 대통령이 주목하는 사람이 되어 있었다.

             *   *   *

〈이우민 작가의 원대한 꿈. 발목 잡는 정부〉

〈한류의 중심으로 우뚝 키우겠다. 21살 어린 작가의 당당한 포부〉

〈한류. 현상이 아닌 시대의 역사로 만들겠다〉

〈잘 만들어진 소설 한 편의 매출. 반도체 수출액보다 월등〉

기자회견이 끝나자마자 세상은 온통 우민에 대한 이야기로 도배되다시피 했다.

지금까지 우민의 행적에 대해 조명하고, 그가 일으키는 매출액을 우리나라 제조업의 매출액과 비교했다.

해리 포터 매출액 308조.

같은 기간 대한민국 반도체 수출액 231조.

이우민의 '떨어진 달'이 영화화에 성공하고, 관련 캐릭터 매출까지 늘어난다면 능히 기대해 볼 수도 있다며 언론들은 너도나도 떠들어댔다.

한 개인이 만들어내는 매출이 308조다.

OECD(Organization for Economic Cooperation and Development: 경제협력개발기구) 국가 중 노동 시간은 전체 2위를 자랑함에도 불구하고 노동 생산성은 22위로 최하위.

결국 오랜 시간 동안 일하지만 효율은 최악이란 소리다.

이러한 문제를 정부에서도 각종 정책을 통해 해결하고자 노력하고 있는 상황이었다.

이번 국무회의의 주제도 이러한 노동생산성과 관련된 정책을 논의하기 위해 대통령이 직접 소집한 자리였다.

"소설 '대지'를 쓴 미국의 작가 펄벅은 '한글이 전 세계에서 가장 단순한 글자이며 가장 훌륭한 글자'라고 표현했습니다. 저는 이런 우수한 언어를 가졌다는 것은 그 위에 훌륭한 문화적 기반을 쌓을 수 있다는 뜻이라 생각합니다."

국무회의를 주재하고 있던 대통령의 말에 국무위원들이 일제히 입을 닫았다.

"얼마 전 작가 한 분이 기자회견을 통해 담대한 포부를 밝혔습니다."

자리에 앉아 있던 사람들이 일제히 긴장했다. 특히 청와대의 지시로 참석해 있던 국세청장의 이마에서 식은땀이 흘러내렸다.

"안타깝게도, 정부는 그런 청년에게 도움을 주지는 못할망정 오히려 훼방을 놓았다고 지탄을 받고 있는 실정입니다."

대통령이 잠깐 앞에 놓여 있던 물 한 잔을 마셨다. 고요한 회의석상. 목울대가 꿀렁이는 그 소리마저도 천둥소리처럼 크게 들렸다.

"앞으로 이런 일이 벌어지지 않기를 바라는 마음에서, 비슷한 사례가 생겼을 때 정부가 취해야 할 입장이 무엇인지 다 같이 공유하기 위해, 이렇게 국세청장님을 이 자리에 모셨습니다."

그 자리에 있던 사람들의 시선이 일제히 국세청장에게 쏠렸다.

이제 국세청장이 설명해야 할 차례. 조사해 온 자료가 사람들에게 배포되기 시작했다.

*　　　　　*　　　　　*

오늘도 어김없이 소설닷컴 관리자 페이지에 접속해 본 손석민은 수직 상승해 있는 그래프를 보며 출근길에 사 가져온 아이스 아메리카노를 집어 들었다.

툭.

책상 위에 놓여 있던 커피가 바닥으로 엎어지며 투명한 얼음이 사방팔방으로 흩어졌다.

"사용자가 도대체 몇 명이 늘어난 거야……."

시작은 창대했다. 국내에서 지금껏 찾아보기 힘든 상금을 내걸고 공모전을 했으며, 세계에서 이름을 날리는 이우민이라는 이름이 내는 효과는 상당했다.

"일, 십, 백, 천… 백만?"

하지만 거기까지였다. 숯처럼 오래 타지 못하고, 번개탄처럼 확 하고 피어올랐다가 빠르게 사그라졌다.

새로운 가입자가 들어오면 그만큼 이탈하는 사용자가 발생했고, 소설닷컴은 점차 정체기에 접어들었다.

"하루에… 백만 명이 늘었잖아."

사용자들은 이미 사용하고 있는 플랫폼에 익숙했고, K포털, N포털, 그리고 판타월드가 삼분하고 있는 시장에서 4위에 랭크되는 것으로 만족해야 했다.

"매출도 한번 확인해 볼까……."

단 하루 사이 가입자만 백만 명.

이 기세라면 업계 3위를 랭크하고 있는 판타월드를 제치는 건 일도 아니다. 어쩌면 이미 넘어섰을지도 모를 일.

손석민이 두근거리는 심장을 끌어안고 매출액을 확인해 보았다.

일 매출 7천만 원.

어쩌면 이번 년도에 백억을 넘어 이백, 삼백억이 될지도 모를 가능성이 보였다.

"이우민 이 자식 정말."

이런 것까지 다 계산한 것일까?

아니면 그저 마음 가는 대로 행동했지만 하늘이 도운 것일까.

"그래, 한번 가보자. 한국을 넘어 세계에서 가장 많은 작가들이 찾는 사이트로 만들어보자."

우민이 처음 소설닷컴을 만들자고 했을 때 한국에서 1등 하는 건 처음부터 염두에도 두지 않았다.

최종 목표는 세계에서 가장 많은 작가들이 찾는 사이트. 세계에서 가장 많은 양질의 글이 올라오는 사이트였다.

지금의 증가세는 그 시작에 불과했다.

"슬슬 북미, 유럽 지역 서비스를 오픈할 때가 다가오는 건가."

그러기 위해서는 준비가 필요했다. 손석민은 앞으로 더 바빠질 것임을 직감했다.

*　　　　*　　　　*

제4화까지 방송된 현재 시청률 21%.

우민의 기자회견이 끝나고, 시청률은 좀 더 올라 29%를 기록했다.

역대 예능 시청률 1위를 차지하고 있는 건 K방송의 2박 3일. 아무리 종편 방송이 시작하기 전이라지만 43%라는 어마 무시한 시청률을 기록했고, 그 기록은 지금까지 깨지지 않고 있었다.

"신 PD, 지금 '더 디렉터'가 방송할 때마다 시청률이 몇 퍼센트씩 오르고 있는지 알고 있나?"

"한 4% 정도였던 걸로 기억합니다."

"그래, 그런데 이번에 두 배가 올랐어."

예능국장의 얼굴에는 함박웃음이 가득했다.

기업의 가치는 발생시키는 매출이 얼마냐에 따라 달라진다. 방송에서 시청률은 곧 '매출'이다.

높은 시청률, 그리고 장밋빛 전망을 그리게 하는 상승세. 예능국장은 연신 싱글벙글이었다.

"이러다가 K방송 43%를 넘을지도 모르겠어."

신 PD가 난색을 표했다.

"국장님, 지금 종편까지 합치면 시청자가 선택할 수 있는 채널 수가 몇 개인지 잘 알지 않습니까."

"잘 알지. 알다마다."

"40%라니… 더구나 예능 프로예요. 드라마가 아니란 말입니다."

종편이 출범한 이후에 간혹 드라마에서는 40%를 넘나드는 시청률을 기록하는 작품이 나왔었다.

그러나 예능에서는 단 한 번도 없었다. 어쩌면 경쟁사인 K방송의 콧대를 납작 눌러 버릴 수 있는 기회가 찾아온 것인지도 모른다.

"그래도 혹시 알아? 이우민 작가잖아."

국장의 마음속에도 우민에 대한 믿음이 싹터 있었다. '젊은 시장'이 10%를 넘나드는 안정적인 시청률을 기록하며 순항 중이었다.

그 뒤에 론칭한 '더 디렉터'까지 대박. 이제는 초대박을 향해가고 있는 중이다.

우민의 기자회견 이후 그러한 믿음은 한층 공고해진 듯 보였다.

"한류를 현상이 아니라 시대의 관념으로 만들어 버리겠다고 했잖아. 21세기의 축. 세계적인 작가가 한 말이니… 뭔가 일이 나도 단단히 나지 않겠어?"

마치 신도를 보는 것 같은 모습에 신 PD가 머리를 긁적거렸다. 어쩌다 일이 이렇게 되었을까.

아론 톰슨이라는 희대의 작가가 섭외되었을 때? 제임스 놀란이라는 세계적인 거장이 출연을 확정지었을 때?

신 PD는 아무리 생각해도 답을 알 수 없었다.

*   *   *

알라문고 이번 주 베스트셀러 순위.

1위. 떨어진 달.

2위. 달동네 아이들.

3위. 울분.

4위. 아프리카 아이들.

5위. 친구에게.

예스문고 이번 주 베스트셀러 순위.

1위. 아프리카 아이들.

2위. 떨어진 달.

3위. 울분.

4위. 달동네 아이들.

5위. 친구에게.

N포털 이북 장르 소설 순위.

1위. 떨어진 달.

2위. 재벌 작가.

K포털 이북 장르 소설 순위.

1위. 떨어진 달.

2위. 재벌 작가.

자신이 올리고 있는 글 '들리지 않아도'를 확인하기 위해 들어가 본 사이트에는 온통 우민의 이름으로 도배되어 있었다.

"어디를 들어가 봐도 1등이네……."

자신의 글은 높은 곳은 5위, 때로는 10위를 기록하고 있는 곳도 있었다.

그런데 우민의 글은 어떤가.

마치 인기 가수가 신곡을 발표했을 때 차트 줄 세우기를 하는 것 같았다.

"역시 작가님인가……."

새삼 우민에 대한 존경심이 밀려왔다.

"어떻게 해야 저렇게 글을 쓸 수 있는 거지."

궁금했다. 그러한 호기심 때문에 이우민 작가가 운영하는 작가 그룹에 들어와 이렇게 글을 쓰고, 때때로 배움을 청하고 있었지만 날이 갈수록 드는 생각은 넘어설 수 없는 벽.

콘크리트보다 단단한 벽이 둘 사이를 가로막고 있는 것만 같았다.

"하긴 21살의 나이에 저 정도의 위치에 오른다는 게 노력만으로 될 일은 아닐 테니까."

천외천.

전석영이 느끼고 있는 우민의 위치였다.

어느새 출근한 함수호가 전석영에게 다가왔다.

"뭐 하냐."

"형 왔어요? 여기 와서 이거 한번 보세요. 우민 작가님 작품들이 베스트셀러 순위 줄 세우기 하고 있어요."

그러나 함수호는 굳이 관심을 보이지 않았다.

"그분이야 다른 세계 있으신 분 아니냐. 나는 네가 더 대단해 보이는데?"

"네, 저요?"

"그래. 이 바닥 사람들은 다 알고 있잖아. 판타지나 무협보다 로맨스 쪽 시장이 훨씬 크다는 거. 거기서 계속 최상위권을 유지하고 있잖아."

함수호의 칭찬에 전석영이 어색하게 웃어 보였다.

"하하, 그런가요……."

"더구나 너 첫 작품이지?"

"…네."

"너 대학생이지?"

"네……."

"너 공모전 우승 상금에 지금 각종 사이트에서 벌어들이는 수입만 해도 최소 천만 원은 넘어갈 것 같은데 아니냐?"

함수호의 계속되는 질문에 전석영의 목소리가 기어들어 갔다.

"마, 맞아요……."

"내가 이 바닥에서 작가 시작한 지 벌써 수년째다. 대박 났다고 했던 첫 번째 작품도 너처럼 벌어들이지는 못했어."

함수호가 설명을 이어나갈수록 전석영의 눈이 방향을 잃고 방황했다.

"그리고 냈던 두 번째 작품은 어떻게 된 줄 아니?"

전석영은 아무런 대답을 하지 않았다. 굳이 대답을 바라고 한 질문이 아닌지 함수호가 빠르게 말을 이었다.

"폭망. 6권을 써서 한 100만 원은 벌었나. 이제는 기억도 안 나."

함수호가 말을 이어나갈수록 전석영은 지금 자신이 도달해 있는 위치도 결코 가볍지 않음을 실감했다.

"너도 '천재'쯤은 될 거다."

함수호의 확인 사살에 전석영이 입을 꾹 다물었다. 무거워진 분위기를 떨쳐내기 위해 함수호가 농담을 던졌다.

"그러니까, 나가자. 천재님이 사주는 커피 한 잔 마셔보자."

전석영도 이런 분위기가 좋지만은 않았다.

"하하, 이번에 형도 작품 낸 거 잘됐잖아요. 형이 사서야죠."

"뭐? 이거 있는 놈이 더한다더니."

한껏 풀어진 분위기에 전석영이 너스레를 떨었다.

"천재랑 이렇게 커피 마시는 걸 고맙게 생각하셔야 하는 거 아닙니까?"

문을 열고 나가던 함수호가 너털웃음을 터뜨렸다. 전석영도 함께 웃으며 문을 열고 나갔다.

＊　　　　＊　　　　＊

서울 코엑스.

제51회 납세자의 날에 참석한 우민이 옷깃을 여몄다. 그의 옆에서 카타리나가 고혹적인 눈길로 우민을 쳐다보았다.

"슈트발 장난 아닌데? 오늘 밤 널 허락하겠어."

연관 검색어에 들기 위해 모종의 결심이라도 했는지 카타리나는 우민의 일거수일투족을 놓치지 않고 따라다녔다.

"…너 어째 갈수록 대화의 수위가 높아지는 것 같다."

우민의 말을 듣는 둥 마는 둥 하던 카타리나가 갑자기 넥타이를 확 잡아챘다.

그러고는 보란 듯이 귓가에 후 하고 바람을 불어 넣었다.

"너, 너 여기가 어딘 줄 알고 그러는 거야."

그러면서 두 눈은 우민의 뒤편을 응시하고 있었다. 당황해하던 우민도 카타리나의 시선을 따라갔다.

'민아 누나?'

까닥.

자리에 앉아 있던 유민아가 작게 목례했다. 우민의 궁금증이 채 풀리기도 전에 사회자가 안내 멘트를 시작했다.

"지금부터 제51회 납세자의 날 행사를 시작하겠습니다. 참석자 여러분은 정숙해 주시기 바랍니다."

잠깐 자리를 비웠다가 다시 돌아온 카타리나가 우민의 귀에 대고 속삭였다.

"민아도 모범 납세자 표창 대상자라던데?"

"아……."

"인연이 아주 끝이 없어. 공동으로 CF를 찍은 것도 모자라서 모범 납세자 표창까지 같이 받다니."

우민이 뭐라 대꾸할 새도 없이 카타리나가 손바닥으로 무륜을 탁 치며 말했다.

"그래서 연관 검색어에 나는 안 나오고 유민아가 끝없이 나오는 건가."

"……."

우민이 아예 상대를 안 하겠다는 뜻으로 고개를 돌려 버렸다.

"안 되겠어. 오늘 내가 눈도장을 '꽝' 찍고 그 기세로 연관 검색어에 오른다."

그렇지 않아도 카타리나를 사람들이 힐끔거리고 있었다. 흰색 블라우스에 무릎 위까지 오는 스커트를 받쳐 입었다.

아주 단순한 복장임에도 카타리나의 이국적인 외모 덕분에 사람들의 이목을 단숨에 집중시켰다.

"그 연관 검색어 이야기는 그만하면 안 되겠니."

우민의 말에 카타리나가 의미심장한 미소를 지어 보였다.

"그러기 위한 아주 좋은 방법이 하나 있는데 들어볼래?"

"아니."

마치 우민의 말은 들리지도 않는다는 듯 카타리나가 말을 이었다.

"네가 오늘 상을 받을 때 깜짝 발표를 하는 거야."

내용은 들어보지 않아도 알 것 같았다. 굳이 대꾸하지 않는 우민을 향해 카타리나가 말했다.

"아니면… 이 방법을 쓸 수밖에 없겠네."

"하지 마."

둘이 대화를 나누고 있는 사이에 행사는 빠르게 진행되고 있었다.

"모범 납세자 대통령 표창. 이우민, 유민아."

진행자의 말에 우민이 자리에서 일어났다. 동시에 유민아도 자리에서 일어나는 순간, 행사장 안으로 일련의 양복쟁이들이 먼저 들어섰다.

행사장으로 난입한 건장한 체격을 가진 수십 명의 남성들이 자리를 잡고 나자 이제는 흰 머리가 무성한 남성 한 명이 들어왔다.

우민도 익히 알고 있는 얼굴.

"저분이 왜……."

행사장으로 들어선 사람이 객석을 향해 손을 흔들며 말했다.

"하하, 이거 제가 좀 늦었네요."

대한민국 대통령이 그곳에 서 있었다.

*　　　　*　　　　*

대한민국 대통령 남한민.

예정에 없던 그가 등장하자 앉아 있던 사람들이 놀라 벌떡 일어났다.

혹시나 작은 위협이 될까, 포진해 있던 경호원들이 일어난 사람들을 제지했다.

'저분이 왜 여기에.'

우민도 익히 알고 있는 얼굴이었다. 한 나라의 대통령도 모를 사람이 어디 있을까.

왜 이곳에 왔는지가 궁금할 뿐이었다. 옆에 앉아 있던 카타리나가 답을 내렸다.

"너 보려고 오신 거 아냐?"

"나… 를……."

설마 싶었지만 혹시나 하는 마음도 생겨났다.

"기자회견에서 엄청 까버렸잖아. 나라를 위해 열심히 일하고 있는데 왜 이렇게 방해하냐고."

카타리나의 깔끔한 정리에 우민이 당황스러움을 감추지 못했다.

"내, 내가 언제."

"나한테는 그렇게밖에 안 들리던데?"

"…뭐, 그런 의도가 완전히 없었던 건 아니지만."

언제 어디서나 당당한 우민이었지만 막상 대통령을 실제로 보자 스스로가 위축됨이 느껴졌다.

'미국 대통령을 만났을 때도 이 정도는 아니었는데……'

자신의 삶에 더 많은 영향을 미칠 수 있기 때문이었다. 자신이 태어나고 살아가고 있는 곳은 바로 한국. 비록 세계에서는 미국 대통령보다 힘이 없을지 모르지만 이곳 한국에서만큼은 아니었다.

약간 기가 죽어 보이는 우민에게 카타리나가 장난스럽게 말했다.

"그래서 대통령도 열받았나 봐. 여기까지 찾아온 걸 보면."

"그렇게 할 일이 없을까."

"그 많은 할 일을 제쳐두고 올 만큼 네가 눈엣가시인 거지. 그리고 네가 사람 열받게 하는 데 일가견이 있잖아?"

계속되는 놀림에 우민이 귀를 닫았다.

약간의 두근거림. 이렇게까지 심장이 두근거리는 일은 정말 오랜만이었다.

소란스럽던 장내가 정리되자 남한민이 입을 열었다.

"하하, 이거 제가 조금 늦었네요."

남한민이 손을 들며 양해를 구했다. 얼떨떨해하는 사회자가 아무 말도 하지 못하고 있자, 남한민이 다시 한번 말했다.

"예정대로 진행하시면 됩니다. 납세의 의무에 충실히 응해

주신 분들인데 제가 직접 와야 도리에 맞는 거 같아서 이렇게 늦게나마 찾아오게 됐습니다."

대통령의 말에 사람들이 하나둘씩 정신을 차렸다.

"아, 그럼 시, 시상을 다시 진행하도록 하겠습니다."

여전히 사회자의 떨림을 감추지 못했다. 정신은 차렸지만 떨림이 가신 건 아니었다.

"모범 납세자 대통령상. 이우민, 유민아."

자신을 호명하는 소리를 들은 우민이 자리에서 일어나 단상으로 걸어 내려갔다. 그 뒤를 유민아가 따랐다.

방금 전까지 기재부 장관이 서 있던 자리. 그곳에 대통령이 서 있었다.

─모범 납세자 대통령상 이우민.

─귀하는 평소 성실하고 모범적인 자세로 납세의 의무를 다하였기에 표창함.

─대통령 남한민.

우민이 한 걸음 앞으로 다가가자, 남한민이 상패를 건네주었다.

"실물이 더 훤칠하구먼."

"과찬이십니다."

우민의 말에 남한민이 호탕한 웃음을 터뜨렸다.

"하하, 이건 자네의 평소 스타일이 아닌 것 같은데."

"때와 장소를 가리지 않는 직설은 건방이나 오만이라고들 하니까요."

"젊음이 가진 패기라는 좋은 말도 있지 않나."

우민은 대화를 나눌수록 긴장이 풀림을 느꼈다.

"다른 분들도 그렇게 생각해 주셨으면 참 좋았을 텐데, 아쉽군요."

"하하, 나도 아쉽네. 자네 같은 인재와 이런 짧은 만남을 가져야 한다는 게 말이야."

눈치 100단 우민이 무슨 뜻인지 모를 리 없었다.

"편견 없는 분께는 언제나 열려 있습니다."

"하하하, 그래요."

말을 마친 남한민이 손을 내밀었다. 우민이 그 손을 맞잡았다. 육십 넘은 노인이라고 느껴지지 않을 만큼의 힘이 느껴졌다.

'역시 다르긴 달라.'

일국의 대통령, 그 무게는 결코 가볍지 않았다. 자유 훈장을 받기 위해 만났던 미국 대통령에게서도 범접하기 힘든 분위기가 느껴졌다. 그때와 비슷한 분위기가 남한민에게서 풍겼다.

'약간 부담되네.'

우민이 생각에 빠져 있는 사이 대통령은 유민아와 상투적인 이야기를 나누었고, 시상식은 그렇게 마무리되었다.

기념 촬영 시간.

단상에 나와 있던 사람들이 줄지어 자신의 자리를 찾아 움직이는 동안 객석에서 새된 소리가 터져 나왔다.

"이우민! 나도, 나도 사진 같이 찍어!"

카타리나가 손까지 들어가며 소란을 피우는 통에 사람들의 시선이 우민에게로 쏠렸다.

부끄러움에 귀까지 빨갛게 변한 우민이 모른 척 고개를 돌렸다.

"야! 약속이 다르잖아, 같이 사진 찍어준다며!"

카타리나의 소란에 남한민이 웃으며 우민에게 물었다.

"팬분이신가?"

"아, 그런 거 아닙니다. 함께 일하는 동료인데……."

"그러면 사진 한 장 같이 찍으세나, 그리 어려운 일도 아니고."

대통령이 경호실장에게 손짓하자 주변에 있던 경호원들이 카타리나를 데리고 아래로 내려왔다.

부끄러움은 1도 없는지 카타리나가 입술을 가리며 웃었다.

"호호, 감사합니다, 대통령님. 제가 이 친구와 사진을 꼭 찍어야 해서요."

"하하, 아닐세. 젊은이들의 사랑이란 게 원래 그런 거지. 국경도 나이도 초월하는 것이지 않나."

빠직.

우민의 이마에서 굵은 힘줄이 돋아났다 사라졌다. 그 속에서 카타리나만이 기분 좋은 웃음을 터뜨렸다.

"어머, 다 그렇게 보이는구나."

그러면서 날름 낀 팔짱.

우민이 땀까지 삐질 흘려가며 빼려 했지만 플래시가 터질 때까지 옴짝달싹할 수 없었다.

사무실로 돌아가는 차 안.

싱글벙글 웃으며 인터넷을 하던 카타리나의 표정이 돌덩이처럼 굳어졌다.

"뭐어, 민폐녀? 사생팬?"

단어 수집을 광적으로 좋아하는 카타리나가 무슨 뜻인지 모를 리 없었다.

"이렇게 예쁜 사생팬 봤어?"

혼자 북 치고 장구 치고. 우민이 슬쩍 눈을 흘겼다.

<모범 납세자 시상식. 이우민 작가 사생팬 난입>

기사 타이틀에서부터 실시간 검색어까지 카타리나가 원하던 자신의 이름은 없었다.

이우민 사생팬. 이우민 민폐녀.

인터넷을 확인한 우민이 저도 모르게 웃음을 터뜨리며 핸드폰 화면을 카타리나 쪽으로 돌렸다.

"그래도 네 소원은 이뤘잖아."

우민이 보여준 핸드폰에 쓰어 있는 여섯 글자.

이우민 사생팬.

그 여섯 글자가 눈을 시리게 만들었다.

"우이씨!"

답답해하던 카타리나가 할 수 없다는 듯 기사 밑에 분노의 댓글을 달았다.

—고대 왕국의 공주처럼 생기신 그분은 우민의 사생팬이 아니라 함께 작업할 동료이자, 평생의 반려자랍니다. 저도 얼마 전에 최측근에게 들었어요.

거기에 달린 답글.

└ㄴ ool***: 우민 작가님 유민아랑 열애 중인 거 모르는 사람이 없는데 무슨 소리?

└ alsr***: 나는 사생팬도 괜찮던데.

└ gosw***: 그래도 갓민아 님에 비할 바가 아니지.

답글이 더 카타리나를 열받게 하는지 사무실로 돌아가는 내내 거친 숨소리는 줄어들지 않았다.

*　　　*　　　*

서울 중구 남산 근처 '한국영화감독협회' 주차장으로 수 대의 봉고차가 사이렌 소리를 울리며 도착했다.

차에서 가장 먼저 내린 남자가 짝 소리가 나도록 손바닥을 부딪치며 말했다.

"자, 신속하게 움직이자고."

줄지어 내리는 사람들.

수십 명의 사람들이 차에서 내려 건물 안으로 짓쳐들어왔다. 가장 먼저 내렸던 남자도 성큼성큼 건물 안으로 들어갔다. 그러면서 당황하는 직원들에게 으름장을 놓았다.

"동작 그만. 컴퓨터에서 전부 손 떼세요! 조금이라도 움직이면 '공무집행방해'로 바로 입건하겠습니다."

남자의 말에 대부분의 직원이 움찔거리며 멈췄지만 장완석이 아끼는 '강 부장'은 가만히 있지 않았다.

"당신 뭐야. 지금 뭐 하는 거야! 영장 가져왔어?"

남자가 품에서 종이 한 장을 꺼내 들었다.

"당연한 거 아닙니까."

"그, 여, 영장 가져오면 다야? 뭐 하는 거야. 그거 안 내려놔!"

수사관들이 자신의 컴퓨터를 뜯어 가려 하자, 강 부장이 황급히 달려갔다.

하지만 일대다의 대결.

결국 힘에서 밀릴 수밖에 없었다.

'젠장, 내 선에서는 안 되겠어.'

이러다 안 되겠다 싶었는지 핸드폰을 꺼내 들어 단축 번호 1번을 길게 눌렀다.

띠리리.

띠리리.

몇 번 신호가 가고 장완석이 전화를 받았다.

"회장님, 큰일 났습니다."

아직 잠에서 덜 깼는지 장완석의 목소리가 잠에 취해 있었다.

ㅡ왜, 무슨 일인데.

"지금 협회에 검찰이 나와 있습니다."

―뭐?

'검찰'이라는 한마디에 장완석의 잠이 확 달아났다. 어젯밤 먹었던 술이 단박에 증발되었다.

"수색영장까지 들고 와서는 사무실 이곳저곳을 들쑤셔 대서… 어떻게 해야 할지……."

장완석이 고함을 확 질렀다.

―뭐? 야 이 새끼야! 막아. 몸으로라도 막으라고!

강 부장은 장완석의 말은 무시한 채 자신의 의견을 피력했다.

"제, 제가 몸으로 막아서 될 일이 아닌 것 같습니다. 아무래도 좀 더 윗선에 연락을 해봐야 할 것 같습니다."

강 부장이 말하는 윗선이면 한 명밖에 없다. 자신의 형인 장완웅, 그를 말하는 것이리라.

―야, 나 깨지는 꼴 보고 싶어? 무슨 개소리야.

"지금 제 컴퓨터까지 압수당했습니다. 그 안에 문서들이 발각되면……."

자신이 저질렀던 부정들이 만천하에 낱낱이 드러나게 된다.

―젠장. 젠장!

"워낙 발이 넓으신 분이라 지금 바로 연락해 보시면… 막을 수 있지 않겠습니까."

장완석은 대답도 하지 않은 채 전화를 끊고서는 다급히 옷을 챙겨 입었다.

*   *   *

CG미디어 본사.

집을 나온 장완석이 엘리베이터 앞에 서 있었다.

탁.

탁탁.

장완석이 신경질적으로 버튼을 눌러댔다.

"엘리베이터는 왜 이렇게 안 오는 거야!"

띵동.

1층에 도착하자마자 안으로 들어간 장완석이 또다시 닫힘 버튼을 연타했다.

그 기세에 눌린 주변 사람들은 그저 쳐다보기만 할 뿐 쉽사리 다가가질 못했다.

회장실 앞까지 도착한 장완석이 말리는 비서들의 손길을 뿌리치고 박차듯 문을 열고 들어섰다.

"형님!"

장완웅은 문을 열고 들어온 장완석에게 눈길도 주지 않았다.

"내가 말했지. 멍청한 짓거리 하지 말고 조용히 있으라고."

"조, 조용히 있었습니다."

"그럼 됐네. 왜 애타게 날 찾아."

우물쭈물하던 장완석이 입을 오물거리며 망설였다. 이내 결심이 선 듯 입을 열었다.

"조, 조용히 있긴 했는데… 털어서 먼지 안 나오는 곳이 어디 있겠습니까. 이, 이건 완전 표적 수사잖아요."

"별것 아닌 먼지라면 금세 잠잠해질 거다. 네가 포토존에 설 일도 없을 테고 말이야."

장완석의 머릿속으로 자신이 했던 일들이 주마등처럼 스쳐 지나갔다.

마음에 걸리는 일이 한두 가지가 아니었다.

"그, 그렇다고 해도……."

여전히 진정을 하지 못하는 장완석에게 장완웅이 답답하다는 듯 슬쩍 힌트를 던졌다.

"어차피 일을 진행한 건 네가 아니잖아."

그제야 장완석의 표정이 밝아졌다.

'맞아. 내가 한 일이 아니잖아.'

자신이 한 일은 없다. 모두 자신의 밑에 있는 강 부장이 알아서 진행한 일이었다.

그런데 왜 자신이 걱정하고 있단 말인가. 생각에 빠져 있는 장완석에게 장완웅이 쐐기를 박았다.

"돈은 생각지 말고, 단단히 다짐이나 받아둬. 말 달라지면 피곤해지니까."

황급히 자리에서 일어난 장완석이 문을 박차고 달려 나갔다.

*　　　*　　　*

손석민이 더할 나위 없이 진지한 목소리로 우민을 불렀다.

"우민아."

"벌써 인세 들어올 때인가 보죠?"

"눈치가 귀신이구나."

"왜요. 또 신기록 갱신했어요?"

우민에게 다가가던 손석민이 흠칫 놀라며 한 걸음 물러섰다.

"갱신 정도가 아니다. 지난달의 두 배야."

"그러면 50억 되겠네요."

손석민이 고개를 끄덕였다. 엄숙했던 표정이 차츰 사라지며 커다란 해가 서서히 떠올랐다.

"정확히 54억 3,121만 원이다!"

끝자리까지 말한 손석민이 기쁨의 비명을 질렀다. 온라인 오프라인을 가리지 않고 책은 날개 돋친 듯 팔려 나갔다.

한국 시장에서만 반짝 빛을 보았다면 이 정도 인세 수입은 기대할 수 없었으리라.

우민의 책은 전 세계를 상대로 활약하고 있었다. 걸어 다니는 1인 기업. 그게 바로 우민이었다.

"나쁘지 않네요."

"이건 나쁘지 않은 정도가 아니라 초대박이다. 일 년이면……"

손석민은 상상만으로도 입이 떡 벌어지는지 말을 잇지 못했다.

500억이 넘는 숫자.

출판사로 들어온 수입에서 우민에게 다시 배분한 금액이 500억이니 매출로 치면 1,000억이 넘었다.

"앞으로 더 많이 벌 건데요."

손석민은 떡 벌어진 입을 다물지 못했다. 하긴 우민의 목표는 더 높은 곳에 있지 않은가.

어쩌면 정말 해리 포터처럼 수백조의 수입을 올릴 수 있을지도 모른다.

또 어쩌면 그 이상을 기대해도 좋지 않을까?

그렇게 앞으로 생길 수입을 계산하다 보니 한 가지 걱정이 생겼다.

"너 세금은 어떻게 할 거냐. 계속 이렇게 낼 거야?"

세금.

이대로라면 우민이 내야 할 세금 역시 어마어마해진다. 정말 우민이 목표하고 있는 대로 되기만 한다면 대기업이 내는 법인세에 버금가는 세금을 개인이 내게 되지 않을까, 하는 망상 같은 걱정까지 들었다.

"남자가 한 번 시작했으면 끝을 봐야죠."

"…지금이라도 법인으로 돌리자. 그렇게만 해도 얼마나 세이브되는지 똑똑한 네가 더 잘 알잖아."

"한 단계 더 도약하기 위해 필요한 건 돈이 아니란 걸, 이제 아저씨도 아시잖아요. 제가 세금을 내는 것도 일종의 투자입니다."

"이, 이 녀석아. 투자는 기업이 공장을 짓거나 사람을 고용하는 게 투자지!"

"하하, 그럼 세금을 많이 내는 것도 투자가 될 수 있다는 걸 한번 보여 드려야겠네요. 일개 개인이 조 단위의 세금을 낸다. 어떻습니까. 듣기만 해도 짜릿하지 않습니까?"

웃으며 말하는 우민이 약간은 변태처럼 보이기까지 했다.

"전인미답의 길. 사람들이 저를 뭐라고 생각할까요? 미친 놈? 그저 돈이 많은 놈?"

그렇지 않다는 걸 손석민은 너무나 잘 알고 있었다. 어떠한

꼼수도 쓰지 않고, 착실하게 세금을 낸다.

유일한 절세 방법은 기부.

세상 어느 누가 손가락질할 수 있을까.

"세금 많이 내는 놈."

"수천의 세금을 내면 졸부다. 수억의 세금을 내면 그건 기업이 된다. 수조의 세금을 내면 재벌. 그러나 재벌이 내는 세금은 개인이 낸다면?"

"괴변일 뿐이야. 사람들은 아마 호구라고 할 거다."

"하하하하, 호구가 될지 호국이 될지는 모르는 거 아니겠습니까."

우민이 어깨를 으쓱해 보이며 말을 아꼈다. 도대체 무슨 생각을 하고 있는지 짐작조차 되지 않았다.

*　　　　　*　　　　　*

더 디렉터 제10화 녹화 현장.

김승완이 무대 뒤에서 초조하게 자신의 이름이 호명되길 기다리고 있었다.

"이제! 최종 우승자를 결정하는 무대에 올라서게 될!"

MC가 잠시 말을 끊으며 긴장감을 고양시켰다. 김승완의 불끈 쥔 두 주먹에서 주르륵 땀이 흘러내렸다.

"최후의 4인을 발표하도록 하겠습니다."

인기 있는 MC답게 강약 조절을 해가며 지켜보는 시청자들의 심장을 쫄깃하게 만들었다.

"가장 먼저 그 무대에 오르게 될 예비 감독님은… 누구일까요?"

탁.

맥이 풀리며 헛웃음이 흘러나왔다.

김승완도 불끈 쥔 주먹을 슬쩍 풀었다.

"그 첫 번째 주인공은 바로! 이. 기. 철 감독님! 축하드립니다."

바로 앞에 앉아 있던 남자가 총알처럼 뛰쳐나갔다. 김승완이 부러운 눈길로 그를 바라보았다.

앉아 있던 다른 예비 후보자들도 크게 다르지 않았다. 부러운 눈길로 뛰쳐나가는 이기철을 바라보았다.

'설마, 될 거야. 열심히, 그리고 잘했잖아.'

김승완이 마음을 다잡았다. 하지만 그다음에도 자신의 이름은 호명되지 않았다.

'아니야. 그럴 리가… 없어.'

벌써 두 명이 호명되어 무대 위로 나갔다. 남아 있는 자리는 단 두 개.

또다시 자신의 이름은 호명되지 않았고 초조함은 더해만

갔다.

"마지막 주인공은 바로!"

이번에도 호명되지 못한다면 끝이다.

'젠장, 사비까지 털어 넣었는데 소용이 없었나.'

믿기지가 않았다. 자신 있었다. 최종 우승까지는 아니더라도 4인 안에는 충분히 들어갈 거라 생각했다.

떨리는 팔다리를 주무르며 겨우 진정시켰을 때쯤 네 번째 이름이 호명되었다.

"김승완!"

왈칵.

눈물이 터질 것 같았다. 인정받았다는 고양감에 제대로 일어나기조차 힘들었다.

"됐어!"

비칠거리며 겨우 자리에서 일어난 김승완이 스테이지를 향해 걸어 나갔다.

제임스 놀란의 관심은 오직 한 명, 김승완에게 쏠려 있었다.

"MR(Mixed Reality: 가상현실과 증강 현실이 혼합된 최신 기술)을 적용할 아이디어는 어디에서 얻었습니까?"

김승완은 미리 준비한 듯 유창하게 답변했다.

"제임스 놀란 감독님의 영화를 보며 최신 기술을 활용한 영화 연출에 평소 많은 관심을 두었습니다."

제임스 놀란.

블록버스터의 거장.

그가 만드는 영화는 매번 세계 최고의 영화 제작비를 갱신한다. 실사와 차이를 느낄 수 없는 그래픽에서부터 아직 상용화되지 않은 논문 단계의 기술까지 끌어다 쓰며 영화적 완성도를 높이는 걸로 유명했다.

"하하, 영상이 매우 역동적이었어요. 비록 아직 기기를 써야한다는 점이 아쉬웠지만 발상만큼은 참가자들 중 최고였습니다."

제임스 놀란의 칭찬에 김승완이 입술을 꽉 깨물었다. 그렇게라도 하지 않으면 기쁨의 비명을 질러 버릴지도 몰랐다.

"감사합니다. 더 노력하겠습니다."

"그래요. 기대하겠습니다."

촬영장을 지켜보던 신 PD가 우민에게 말했다.

"저 친구야. 제작비 모자라다니까 자기 돈 싸들고 와서 촬영한 사람."

"흐음……."

"저거 촬영하는 데 한 삼천만 원 들었나. 그중 이천을 저 친구가 직접 냈으니 말 다했지."

신 PD의 설명에 우민의 눈이 이채를 발했다.

"이천만 원씩이나 냈단 말이죠……."

"그렇다니까. 돈이 많아 보이지는 않는데 보기와는 다른가 봐. 그 정도 돈을 선뜻 내놓는 걸 보니까."

그렇지 않다는 사실을 우민은 알고 있었다. 촬영 시작 전 자신의 사무실로 출근하다시피 할 때 얼핏 들었다.

생활이 무척 어렵다.

여기에 모든 걸 걸었다.

10화를 출연했으면 출연료로 천만 원이 지급됐을 테고, 나머지 천만 원을 자신의 돈으로 메운 것이리라.

"열정이 대단하군요."

우민의 말에 신 PD가 고개를 주억거렸다.

"너도 보이지? 독기 서린 눈빛. 저건 열정 같은 게 아니다. 여기에 목숨을 건 놈이야."

우민이 다시 한번 찬찬히 김승완을 살펴보았다. 제임스 놀란의 칭찬에 헤벌쭉해서 정신을 차리지 못하고 있었다.

"입이 귀까지 찢어졌네요."

"그럴 수밖에. 제임스 놀란이 누구냐? 영화감독이라면 누구나 만나보고 싶어 하는 사람이잖아."

"뭐, 그런가요?"

우민이 별것 아닌 것처럼 말하자, 신 PD가 우민을 보며 말했다.

"대부분이 저 사람에게 경외감을 가지고 있다. 너처럼 오히려 반대의 경우는 거의… 드물지."

"그 드문 경우가 될 때까지 뼈를 깎는 노력을 해야 합니다. 그래야 칭찬받는 자리가 아니라 칭찬하는 자리에 올라갈 수 있어요."

신 PD는 더 이상 대답하지 않았다. 우민도 김승완을 쳐다보았다. 제임스 놀란 감독이 좋게 보았는지 서슴없이 엄지를 치켜세우는 중이었다.

*　　　　*　　　　*

사문서 위조.

직권남용.

공금횡령 및 배임.

지금까지 밝혀진 사실만으로도 실형은 확정이었다. 강 부장을 서울 시내 모처로 부른 장완석이 타이르듯 말했다.

"언제까지 월급쟁이로 살 거야."

"그러니까 저보고 대신 들어가라는 말씀이십니까?"

"내가 언제? 그저 잘 생각해 보라는 말이지. 들어갔다 나오면 강 부장 가족들 생계는 누가 책임지나."

장완석은 결코 직접적으로 말하지 않았다. 어디서 교육이라도 받고 왔는지 애매모호하게 에둘러 표현했다.

"……."

"누군가는 책임을 져야 하지 않겠나. 어차피 길지도 않을 거야. 자네도 알잖나. 스페셜들 붙이면 금방 끝난다는 거."

스페셜.

아마 국내 최대 로펌의 변호사들일 것이다. 그러나 검찰 수사까지 진행된 바닥까지 온 상황. 강 부장도 쉽사리 장완석을 믿지 않았다.

"저도 보험 하나는 들어야겠습니다."

"보험, 보험 들어야지. 연금? 아니면 건강?"

장완석의 말장난에 기가 찬 강 부장이 코웃음을 쳤다.

"하하, 회장님. 저도 사회에서 구른 지 벌써 20년입니다."

"그래서?"

강 부장이 탁자 위에 USB를 하나 내려놓았다.

"사본입니다. 약속 지키시면 저도 조용히 있다가 나오겠습니다."

장완석의 얼굴이 확 달아올랐다. 그래도 목구멍까지 올라온 욕지거리를 겨우 밀어 내렸다. 장완웅이 말한 대로 최대한 조용히, 그리고 빠르게 넘어가야 한다.

"하… 하하, 강 부장이 일을 참 꼼꼼하게 잘하는군. 알겠네.

나도 무슨 말인지 충. 분. 히 알아들었네."

꾸벅.

강 부장이 자리에서 일어나 고개를 숙였다.

"그간 감사했습니다."

그런 강 부장의 뒤로 장완석이 위로하듯 말했다.

"길어도 5년은 넘지 않을 거야."

강 부장은 딱딱하게 굳은 표정으로 자리를 벗어났다.

*　　　　　*　　　　　*

같은 시각.

국세청 조사국장은 감사원에서 나온 감찰관을 마주하고 있었다.

"그러니까 어떤 단서를 가지고 세무조사에 착수하셨는지 묻고 있는 겁니다."

조사국장이 답답하다는 듯 입에 침을 튀겨가며 말했다.

"허, 그것참 벌써 몇 번을 말하지 않았나. 유명 연예인들이 방송에서 보이는 수입에 비해 세금이 적어 대상에 포함시켰네. 이우민 작가 일이야 아쉽게 됐지만 다른 연예인들 세금 탈루 혐의를 잡아내는 성과를 얻어내지 않았나."

감찰관이 이번에는 다른 곳을 찔렀다.

"이번에 아드님이 CG미디어에 취업을 하셨더군요."

"그 녀석이 열심히 공부한 덕분이지."

"그리고 차도 바꾸셨던데 저축을 많이 하시나 봅니다."

이번에는 조사국장이 오히려 으름장을 놓았다.

"내가 얼마를 저축하는지까지 자네에게 알려줘야 하나!"

"조사에 참여한 인원들이 하나같이 의문을 표하더군요. 이우민 작가가 왜 포함된 건지 모르겠다. 세금 신고 내역을 보면 오 분이면 파악될 정도로 깨끗했다."

조사국장은 말을 아꼈다. 모든 질문에 답해야 할 의무는 없었다.

"그나마 모범 납세자에 선정된 게 참 다행입니다. 문화, 예술계에 대한 정기 세무조사 결과 이우민 작가의 선행이 밝혀졌다고 포장이라도 할 수 있었으니 말입니다."

"그러니까 말이네. 그거 내가 밝혀낸 거야."

끝까지 뻔뻔한 조사국장이었다.

제5장

한류의 주역 I

교육부 주관 전국 어린이 글쓰기 대회 심사장.

우민이 한자리를 차지하고 앉아 있었다. 우민의 옆에는 이제 K대 교수가 된 최준철이 앉아 있었다.

"교수님도 오셨어요?"

"네가 온다는 소식에 뉴스에서 보는 얼굴 실제로 한번 볼 수 있을까 해서 와봤다. 매일 아주 난리 법석이더구나."

심사 위원과 지원자의 입장에서 이제는 같은 심사 위원이 되어 있었다. 우민을 바라보는 최준철의 얼굴에는 감개무량함이 가득했다.

"그러게 말입니다. 가만히 있는 사람을 왜 그렇게들 못 잡아 먹어 안달인지."

"네가 널 모르냐? 가만히 있기는 무슨. 안 봐도 비디오지."

마치 다 안다는 듯한 최준철의 말에 우민이 발끈했다.

"언제나처럼 사실만 말했을 뿐이에요."

우민의 말에 최준철이 호탕하게 웃었다.

"그래, 그때도 그랬지. 아마……."

뒷말은 다른 곳에서 들렸다.

"'제 글을 평가할 자격은 되십니까?'라고 말했을 때 제 속이 얼마나 타들어가고 있었는지 아마 모르실 겁니다."

남일원이었다. 최준철이 남일원의 말을 받았다.

"그때 기억하니 또 열받네. 이제라도 말해주마. 나 자격 된다. 자격 된다고."

우민이 살짝 부끄러워하며 말했다.

"교수님도 참, 그때 이야기는 왜……."

"내가 더 열받는 건 속으로는 네 말에 수긍하고 있었다는 거다. 정말 내가 이 아이를 평가할 자격이 있는 건가? 내 주제를 넘어선 일은 아닐까?"

옆에 있던 남일원이 연신 고개를 주억거렸다.

"그 마음 잘 압니다."

둘의 놀림에 우민이 소리쳤다.

"선생님!"

"하하, 그러니 조금만 약하게 하거라. 뉴스를 보니 또 한바탕 사건이 벌어진 모양이던데… 끝까지 가지 말고 적당히 타협해."

얼마 전 나왔던 뉴스를 보고 하는 말이리라.

세무조사, CG미디어, 한국영화감독협회, 그리고 문인협회를 키워드로 나온 기사들.

그 기사의 꼭지에 장완웅, 장완석의 이름은 없었다. 우민이 씁쓸해하며 중얼거렸다.

"그렇게 안 된다는 거 아시잖아요."

우민의 말에 둘이 동시에 입을 열었다.

"네 고집을 누가 꺾겠냐."

우민이 옆에 쌓여 있는 종이 뭉치를 가리켰다.

"그럼 이제 이것 좀 봐도 되죠?"

우민의 말에 최준철도 옆에 놓인 종이 뭉치로 시선을 돌렸다.

조용한 회의실 안.

사락사락. 종이 넘기는 소리만 들렸다.

심사 위원은 우민을 포함해 총 다섯 명.

전국 수천 명의 어린이가 보내온 글을 읽기 위해서는 시간이 빠듯했다.

'탈락, 탈락, 탈락, 탈락, 보류.'

우민은 빠르게 글을 읽어나갔다. 대부분이 기대에 미치지 못했고, 탈락으로 분류되었다.

개중에 쓸 만한 글은 보류해 두고, 나중에 다시 한번 읽어 볼 심산이었다.

그런 우민의 귀에 언젠가 한 번쯤 들어본 적이 있는 듯한 소리가 들렸다.

"박 작가님, 이거 한번 보시겠어요? 아무래도 대필 같은 데⋯⋯."

"흐음⋯ 공허에 몸부림치다? 무저갱에 갇혀 있는 것만 같다라⋯⋯."

"초등학생이 쓸 만한 표현이 아닙니다. 학교도 '강남초'라네요."

"이 아줌마가 대필을 싼 데다 맡겼나 보네. 요즘 이렇게 티 나게 해주는 데는 거의 없는데 말이야."

이미 둘은 대필이라 단정 짓고 대화를 나누고 있었다. 우민은 가만히 듣고만 있기가 힘들어 엉덩이가 들썩거렸다.

탁.

우민의 어깨 위로 최준철의 손이 얹어졌다.

탁. 탁.

두어 번 우민의 어깨를 두드린 최준철이 자리에서 일어나 여전히 쑥덕거리고 있는 심사 위원들에게 걸어갔다.

"박 작가님, 무슨 문제가 있나 봅니다."

"하하, 문제라기보다는 좀 어이없는 글이 있어서요."

우민은 또다시 엉덩이가 들썩이는 걸 겨우 참았다. 최준철만 없었더라면 진작 자리에서 일어나 심사 위원들에게 다가갔을 것이다.

"어이가 없다. 어떤 부분이 그렇습니까?"

"여기 '강남초'에서 보내온 글이 있는데 누가 봐도 학원 강사가 대필해 준 티가 팍팍 납니다. 나 참, 맡기려면 티라도 안 나게 하던가."

최준철이 뭐라 말할 새도 없이 심사 위원을 맡고 있는 박 작가가 말을 이었다.

"강남에 있는 초등학교 같은데. 어휴, 정말 요즘은 다른 곳에 심사 위원을 하러 가보면 난리입니다, 난리. 어릴 때부터 경력 관리해야 한다면서 있는 집 엄마들이 얼마나 극성을 피우는지. 자기 자식 떨어졌다고, 교육청까지 찾아와 항의하는 엄마들이 한둘이 아닙니다."

최준철은 묵묵히 듣고만 있었다. 지금껏 쌓인 게 많았는지 박 심사 위원은 입을 멈추지 않았다.

"그래서 이 자리도 작가들이 서로 안 맡으려 한다니까요."

심사 위원들이 겪고 있는 고충도 만만치 않음을 우민도 충분히 알아들었다. 하지만 심사 위원은 어른이고, 작품을 낸 지원자들은 어린아이들이다. 더구나 심사 위원이라 함은 자라나는 새싹을 좀 더 세심히 살펴야 하는 자리였다.

그 점을 최준철도 알고 있는 듯했다.

"그러면 차라리 안 하셨으면 좋았겠네요."

박 심사 위원이 잘못 들었다고 생각했는지 되물었다.

"네?"

우민도 놀란 눈으로 최준철을 바라보았다.

"아마 제가 박 작가님 나이와 비슷했을 즈음일 겁니다. 지금과 비슷한 상황이 벌어졌었어요. 당시 심사를 보던 사람들 전부가 대필이라 확신했습니다."

최준철이 잠시 뜸을 들였다. 눈빛이 허공을 향해 있는 것이 옛 추억을 더듬고 있는 것처럼 보였다.

"순간 이런 생각이 들더군요. 만약 이게 대필이 아니라면? 이 글을 쓴 게 정말 초등학생에 불과한 작디작은 어린아이라면? 내가 찬란한 미래를 싹틔울 새싹을 밟아버리는 것은 아닐까?"

최준철이 말을 이어나갈수록 쑥덕거리던 심사 위원들은 아무 말도 하지 못하고 마른침을 삼켰다. 이곳에서 우민을 제외하고 최준철이 문단 경력이 가장 길었다. 경력만이 아니라 능력 면에서도 최고. 그의 말을 허투루 들을 만한 존재는 이곳에 없었다.

"그런 생각을 하자 정신이 번쩍 들었습니다."

"……"

"다행히 연락이 닿았고, 그 아이에게 걸맞은 대우를 해줄 수 있었어요. 그리고 그 친구는 여러분도 다 아실 만한 작가로 성장했고요."

심사 위원 중 한 명이 조심스럽게 물었다.

"혹시 이름을 알 수 있을까요?"

최준철이 슬쩍 고개를 돌렸다. 듣고 있던 우민이 자신의 이야기란 걸 알아차리고는 빠르게 손사래를 쳤다. 이런 신파극의 주인공은 절대 사절이었다.

"음… 그 친구가 책을 내면 대한민국 평균 독서량이 올라갈 겁니다."

심사 위원들의 얼굴에 궁금증이 떠올랐다. 최준철의 말에 따르면 갓 대학을 졸업했거나 대학에 다니고 있을 만한 나이대의 작가였다. 그런 나이대의 작가 중에 대한민국의 평균 독서량을 좌지우지할 만한 작가가 누가 있을까…….

아!

사람들이 동시에 깨달음이 왔는지 우민이 앉아 있는 쪽을 바라보았다.

우민은 저도 모르게 고개를 저으며 자리에서 일어났다.

30살 후반의 아저씨 티가 팍팍 나는 심사 위원들이 궁금증 가득한 표정으로 서서히 우민을 포위하듯 다가왔다. 그런 우민을 보며 최준철이 회심의 미소를 지어 보였다.

"나에겐 매일이 밤이었다. 아마 이렇게 시작했던 글 같습니다. 그 안에 담겨 있는 깊은 번민, 글이 내포하고 있는 의미의 수준은 정말 초등학생의 글이라고는 믿기지 않는 것이었죠."

최준철의 말에 심사 위원들의 궁금증은 한층 커졌다.

어떤 글이었을까. 무슨 내용이었을까.

눈빛으로 우민에게 묻고 있었다. 자리에서 일어난 우민이 서둘러 걸음을 옮기며 말했다.

"시, 식사하러 가시죠. 점심시간 다 지나겠습니다."

우민은 저 궁금증을 다 해결해 줄 때까지 벗어나지 못할 것 같은 두려움에 서둘러 최준철을 재촉했다.

점심식사를 마치고 다시 돌아온 우민은 다시 책상 앞에 앉았다.

'정말 대필인가……'

자신도 인상 깊은 글을 하나 발견하기는 했다. 하지만 경험 많은 심사 위원들이 하나같이 대필이라 확신하는 통에 작은 의심의 씨앗이 싹텄다.

'안 되겠다.'

우민이 손을 들어 남일원을 찾았다.

"선생님, 저기… 이 친구 연락 한번 해볼 수 있을까요?"

"네가 그런 말을 할 정도면 수준이 상당한가 보네."

"나이를 감안하면 인상 깊은 작품입니다. 그렇다고 대필한 글을 수상작에 올릴 수도 없으니… 한 번 확인해 봤으면 해요."

그런 우민에게 남일원이 놀리듯 말했다.

"그 친구가 뭐라고 할지 상상되지 않아? 제 글을 심사할 자격은 되십니까?"

남일원의 장난을 우민이 태연하게 받아쳤다.

"내가 아니면 아무도 할 수 없다, 라고 답해주면 되죠."

"하하하, 그래. 내가 연락 한번 해보마."

지원자의 연락처를 확인한 남일원이 핸드폰을 들었다.

*   *   *

이제 초등학교 4학년인 정일우는 오늘도 책가방에 한가득 책을 넣고 집으로 가는 학원 버스를 탔다.

국영수 학원을 돌고 나니 어느새 밤 9시. 절로 한숨이 새어 나왔다.

"휴우……."

지치지도 않는지 집으로 가는 동안 가방에서 공책을 꺼내 뭔가를 끼적였다.

"연락이 없는 걸 보니… 탈락한 거겠지……."

혼잣말에서 진한 아쉬움이 묻어 나왔다. 대치동 학원가에서 출발한 학원 버스는 도곡동의 동부 센트레빌로 향했다.

"정일우 학생 다 왔어요."

기사님의 말에 차에서 내린 정일우를 기다리고 있던 사람은 엄마. 엄마를 보았지만 정일우의 표정은 그리 밝지만은 않았다.

"일우, 오늘 열심히 공부했어?"

"오늘 함수와 그래프까지 배웠어요."

"어구구, 잘했다. 내 새끼. 그렇게 열심히 하다 보면 아빠처럼 훌륭한 의사 될 수 있어요."

의사라는 말에 정일우의 표정이 시무룩해졌지만 금방 고개를 숙인 탓인지 엄마의 눈에는 보이지 않았다.

다시 고개를 든 정일우의 눈에 엄마 옆에 서 있는 낯선 남자가 보였다.

"네가 일우구나. 안녕?"

정일우가 반사적으로 고개를 숙였다. 옆으로 시선을 돌려 보니 담임 선생님까지 와 계셨다. 어리둥절해하며 쳐다보고 있자 낯선 남자가 입을 열었다.

"아저씨, 아니… 형은 이번에 일우가 제출한 교육청 글쓰기 공모전 심사 위원 중 한 명이야. 형이 왜 왔냐 하면 일우가 글을 너무 잘 써서 실제로 보고 싶어서 찾아왔어."

정일우의 표정이 더할 나위 없이 밝아졌다. 그 순간 낯선 남자 우민은 알 수 있었다.

'직접 쓴 게 맞구나.'

대필로 썼다면 이런 표정, 이런 반응이 나올 수가 없었다. 특히나 엄마의 반응이 우민의 의심을 걷어냈다.

"일우야, 공모전에 글 냈었어?"

엄마는 몰랐다는 듯한 반응. 정일우가 조심스럽게 고개를 끄덕였다.

"엄마한테 왜 말을 안 했어. 우리 일우 정말 대단한데? 앞으로 논술이나 국어 성적은 걱정 안 해도 되겠어."

함께 와 있던 담임 선생님이 조심스레 입을 열었다.

"어, 어머님. 여기 함께 오신 분이 바로 이우민 작가님이십니다. 일우가 그만큼 글쓰기에 뛰어난 자질을 가지고 있는 말이에요. 논술이나 국어 성적이 문제가 아니라 훌륭한 작가가 될 자질을 가진 겁니다."

"어휴, 선생님도 참. 작가는 무슨. 글 써서 돈 버는 게 어디 쉬운가요? 얼마 전에는 생활고를 비관한 드라마 작가가 자살

하는 일까지 있었잖아요. 우리 일우는 그런 것보다 아빠 따라 의사 될 거예요. 그렇지, 일우야?"

정일우가 머뭇거리며 쉽사리 대답하지 못했다. 눈치를 살피던 우민이 한발 앞으로 나섰다.

"하하, 어머님이 걱정하시는 게 당연합니다."

드르륵.

우민이 들고 있던 핸드폰이 울렸다.

"아, 잠시만요."

양해를 구한 우민이 전화를 받았다.

"아, 네. 사장님. 이번에 중국이랑 판권 얼마에 계약했다고요? 50억? 너무 적잖아요. 100억 밑으로는 안 한다고 하세요."

그 말을 들은 정일우의 어머니는 눈동자를 빠르게 굴렸다.

전화를 하던 우민이 정일우에게 눈을 찡긋거렸다. 그 속에 담긴 의미를 알아차린 듯 정일우도 마주 웃어 보였다.

*   *   *

전화를 끊자 정일우의 어머니가 토끼 눈이 되어 우민을 바라보았다.

"의사도 많은 돈을 벌겠지만 요즘은 작가도 그에 못지않습니다. 어머님이 더 잘 아시겠지만 일우에게는 작가가 될 만한 재능이 있고요."

우민의 말에 오히려 정일우의 담임 선생님이 더 놀랐다.

"그, 그렇습니까? 이, 일우가 그 정도의 재능이 있어요?"

"네. 그런데 참 아쉽네요. 기회가 된다면 제가 스카우트해서 키워보려는 마음을 먹고 찾아왔는데… 어머님의 반대가 이리도 심하시니……."

모두의 시선이 정일우의 어머니에게로 향했다. 정일우 역시 간절한 눈빛으로 어머니를 바라보았다.

"우리 아이는 아빠 따라 의사를 할 겁니다. 뭐, 하여튼 그런 재능이 있다니 말씀이라도 고맙네요."

자신이 보기에 정일우는 세기에 한 번 나올까 말까 한 천재는 아니었다. 정일우의 어머니를 끈질기게 설득해 글을 쓰게 만들 정도는 아니란 말이었다.

"어머니 생각이 정 그러시다면……."

말을 하던 순간 우민은 정일우와 눈이 마주쳤다. 아주 간절한 눈빛. 글을 쓰고 싶다는 열망이 가득해 보였다.

"제가 한번 데려다가 가르쳐 보고 싶었는데 아쉽게 됐네요."

우민의 말에 정일우가 실망한 듯 고개를 숙였다. 그러나 담임 선생님은 잔뜩 흥분한 기색이 역력했다.

"어머님, 이분이 바로 이우민 작가이십니다. 그런 분이 가르쳐 주신다니 이건 다시 못 올 기회입니다."

'이우민'이라는 이름 석 자만으로 설명이 끝났다고 생각했는지 그는 자세한 설명을 생략했다. 그러나 어머니의 생각은 달랐다.

"이분이 그렇게 유명해요?"

우민의 인기는 아직 젊은 층에 한정되어 있었다. 각종 언론을 통해 우민의 이야기가 보도되고 있기는 했지만 그것 역시 수많은 기삿거리들 중의 하나로 빠르게 묻힐 뿐이었다.

중년의 여성이 미국 드라마를 볼 일도, 웹소설 사이트에 접속해 판타지 소설을 볼 일도 없다. 그렇다고 서점에 들러 책을 보지도 않는다.

담임 선생님은 그 맹점을 파고들었다. 중년의 여성이 가장 많이 하는 일인 TV 시청. 비록 드라마는 아니지만 전무후무한 시청률 기록을 써나가고 있는 프로라면 알 거라 생각했다.

"혹시 '더 디렉터'는 아세요? 그 방송 작가가 바로 이분이세요."

"네?"

"거기 메인 방송 작가가 바로 이분이란 말입니다. 그 방송이 '떨어진 달'이라는 원작 소설의 감독을 구하는 오디션이잖아요. 그 유명한 '떨어진 달'이라는 소설을 쓰신 분도 바로 이분이시라고요!"

담임 선생님이 답답하다는 듯 침을 튀겨가며 설명했다. 다행히 '더 디렉터'는 알고 있는 듯 정일우 어머니의 두 눈은 더할 나위 없이 커졌다. 이제는 시청률 30%를 넘어 40%를 향해 가고 있는 국민 오디션 프로그램 '더 디렉터'. 자신도 즐겨보는 프로그램이었다.

"'더 디렉터'의 작가님?"

"그렇다니까요. 이분이 다 만드신 거나 마찬가지예요."

"그, 그런 분이셨구나……"

정일우의 어머니가 '더 디렉터'를 보는 이유는 하나였다.

아주 어린 시절 자신도 꿈이 있었다. '더 디렉터'는 그 꿈을 기억나게 했고, 거기에 도전하라며 귀에 대고 속삭이는 것 같았다. 자연스럽게 꿈을 향해서 최선을 다해 도전하는 출연자들에 대한 응원의 마음이 생겼다.

"우승은 '김승완 감독님'이 하겠죠?"

뜬금없는 질문에 우민이 반문했다.

"네?"

"제가 1회 때부터 봤는데 '김승완' 그 사람 말고는 인물이 없잖아요. 그렇죠?"

정일우의 어머니는 궁금함을 참지 못하겠다는 듯 계속해서 같은 질문을 해댔다.

"내가 보니까 김승완 감독 말고는 영 인물이 없더라고, 그 사람이 오디션 기간 동안 만든 드라마 보고 눈물이 나오더라니까."

완전히 수다스러운 아줌마가 되어버렸다.

"어, 어머님, 자, 잠시만 진정하시고."

"나도 어릴 때 화가가 꿈이었는데, 열심히 하는 모습을 보니까 그때 생각이 나더라고."

우민은 입을 다문 채 정일우를 바라보았다. 그리고 눈빛으로 말했다. 내가 도와주는 건 여기까지다. 이제 네가 나서야 할 때다.

"엄마, 나도 꿈이 있어."

"엄마도 알지. 의사 되는 게 꿈이잖아."

"아니, 그거 말고……."

그제야 어머니도 말을 멈추고 정일우를 바라보았다.

"일우야, 엄마는 다 일우 잘되라고."

"잘되는 거 말고, 하고 싶은 거 하면 안 돼?"

"의사 하고 싶다고 했었잖아. 우리 일우 의사 되어서 아픈 사람들 고쳐주고 싶다고 엄마한테 그랬잖아."

"그거야… 그거 말고는 다른 걸 말하지 못하게 했으니까……."

주변이 조용해졌다. 담인 선생님도 함부로 끼어들지 못했다.

우민이 정적을 깨고 입을 열었다.

"한 아이의 일생이 걸린 문제니 저도 솔직하게 말씀드리겠습니다. 일우가 천부적인 재능을 타고난 건 아닙니다. 그러나 분명 다른 아이들보다 특별한 점이 있습니다. 세상에는 처음부터 타고난 천재들보다 노력으로 한계를 부수고 벽을 넘은 사람들이 더 많다는 점을 기억해 주세요."

마침 손석민이 차를 가지고 도착했다. 차는 평소 타던 레인지 오버가 아니라 '벤틀리 벤테이가'. 시가 3억 원이 넘는 차였다. 우민이 보유하고 있는 '쇼잉용' 자동차 중 하나였다.

"아, 그리고 저는 '더 디렉터'의 메인 작가이자 미국에서는 자유 훈장을 수여받았고, 제가 쓴 책들은 지금까지 수천 만권의 판매고를 올린 세계 최고의 작가 중 한 명입니다."

우민은 뻔뻔하게 자기 자랑을 읊은 후 천천히 걸어가 차 문을 열었다.

"제가 가르친 사람들도 최소한 억대의 수입을 올리는 작가로 성장했습니다. 지금은 어머님의 아이가 '로또'를 맞은 거라 생각하셔도 좋은 상황인데… 평양 감사도 제 싫으면 그만이라고 정 싫으시면 할 수 없는 일이겠죠."

우민이 마치 방금 생각났다는 듯 차에 올라타며 말했다.

"아 참! 그리고 어머니도 아시죠? 인세는 책을 쓰지 않아도 돈이 들어온다는 거. 즉 일을 안 해도 수입이 생긴다는 말입니다."

그 말을 끝으로 우민은 차에 올라탔고, 아무런 아쉬움 없이 떠나 버렸다. 담임 선생님은 미처 사인을 받지 못한 게 생각났는지 아쉬워했고, 정일우는 초롱초롱한 눈망울로 어머니만을 쳐다보았다.

정일우의 어머니는 생각에 잠겨 아들을 마주 보았다.

＊　　　　＊　　　　＊

인천국제공항.

출국장으로 일련의 중국인들이 모습을 드러냈다. 중국 최대 검색 포털 사이트 하이두의 회장 마진위. 그리고 그의 회사 직원들이었다.

함께 출국장을 나서던 비서는 잔뜩 언짢은 표정이었다.

"회장님, 시국도 좋지 않은 마당에 여기까지 직접 오실 필요까지 있었겠습니까."

"그 친구가 오지 않으니 내가 올 수밖에."

"이우민 작가 그가 얼마나 대단하기에 회장님이 직접 찾으시는 건지……."

하이두의 마진위 회장은 쉼 없이 걸음을 움직이며 말했다.

"잘만 하면 혼자서 우리 회사 전체 매출을 올릴 수도 있지 않을까?"

"아무리 회장님께서 그를 높이 평가하고 계신다고 해도 그건 좀… 저희 회사 작년 매출이 100억 달러가 넘습니다."

100억 달러. 한국 돈으로 10조가 넘는 금액이었다. 상식적인 사람이라면 기업이 아닌 개인이 조 단위의 돈을 벌 것이라 생각하지 않는다. 그러나 마진위는 달랐다.

"그게 바로 이야기의 힘일세."

생각을 굽히지 않는 마진위를 보며 비서가 답답하다는 듯 중얼거렸다.

"회장님……."

"자네 해리 포터라는 작품을 알고 있나?"

비서가 고개를 끄덕이자 마진위가 빠르게 말을 이었다.

"지난 수년간 300조가 넘는 매출을 발생시켰다고 알려져 있지."

비서가 매출의 맹점을 파고들었다.

"하지만 영속성이 없지 않습니까. 그 작가의 다른 작품들 중 비슷한 수준의 매출을 올린 작품이 없습니다. 기업은 투자를 하고 기술 혁신을 통해 매출을 늘리지만 소설이라는 건 어쩌면 '운'일 수도 있는 단발성 수익이지 않습니까."

비서의 긴 이야기를 마진위는 끝까지 경청했다. 그의 이런 점이 하이두를 중국 최고의 인터넷 사업자로 올려두었다. 그러나 쉽게 설득되지는 않았다.

"만약 계속해서 비슷한 수준의 작품을 낼 수 있다면? 작품이 나올 때마다 더 재밌는 이야기로 더 많은 사람들의 사랑을 받을 수 있는 작가가 있다면 자네는 어찌할 텐가?"

"그야 물론 발 벗고 찾아가야 하지 않겠습… 설마 이우민 작가가 그렇다는 말입니까?"

마진위가 고개를 주억거렸다.

"하이두 웹소설은 결코 중국 시장만을 목표로 하지 않겠다고 자네가 말하지 않았나."

비서는 입을 꾹 다물었다.

"이우민 작가는 그 첨병 역할을 할 거야."

누구보다 가장 가까이에서 마진위를 보필하는 사람이 자신이다. 마진위의 이런 후한 평가는 무척 이례적인 일이었다.

"'혹시나', '그럴지도', '과연'. 그런 마음으로 이곳에 온 게 아니야. '된다', '잡아야 한다', '틀림없다'. 이우민 그 친구를 생각할 때마다 연관되는 단어들일세."

비서의 마진위에 대한 신뢰는 공고했다. 마진위가 이렇게까지 말했다면 그런 것이다.

"그를 잡기만 한다면 해리 포터, 그걸 뛰어넘는 작품이 우리 회사 플랫폼을 통해 나올 거야."

마진위의 말에 비서도 결국 고개를 끄덕였다. 둘은 미리 공항 한편에 대기하고 있던 차에 올라타 서울을 향해 질주했다.

＊   ＊   ＊

＜단독 입수, 이우민 작가 기부 내역＞

세무조사 결과 절세의 방법으로 기부를 선택했다는 미담이 밝혀진 이우민 작가의 기부 내역을 본지가 단독 입수했습니다.

결식아동 지원 사업 2억.

불우 가정 장학금 지원 사업 2억.

성적 우수 학생 장학금 지원 사업 2억.

우리 고아원 2억.

지금까지 밝혀진 금액만 8억에 아직 밝혀지지 않은 금액을 더 하면 이십억 이상이 될 것으로 추정되고 있습니다. 노블레스 오블리주를 실천하고 있는 이우민 작가의 행동에 대중들은…….

뉴스를 확인한 우민이 손석민을 보며 말했다.

"이저씨가 흘렸어요?"

"흘리기는 무슨, 내가 음료수니?"

"그런데 어디서 이런 기사가 나왔지."

내용을 보니 한 치의 오차도 없이 정확했다. 물론 총 기부

액에 비하면 턱없이 부족했지만 밝혀진 내역만은 틀림없었다.

"지금 기사나 보고 있을 때가 아냐. 내가 어제도 말했잖아. 하이두 회장님이 직접 오신다고 연락 왔어."

"오랜만에 얼굴 보겠군요."

"하이두 회장이… 얼굴이나 보자고 여기까지 올 사람이야?"

우민이 표정 변화도 없이 태연하게 대답했다.

"네."

"그래, 그렇구나… 그랬어. 그렇다는 말은 생각에 변화는 없다는 뜻이겠지?"

"젊은 시장, 더 디렉터 중국 진출 협조, 하이두 웹소설 연재 고료는 편당 1억. 영화, 방송 제작 시 우선 협상권 제공."

"여전히 그 조건이… 통할 거라 생각하고 말하는 거지?"

한 편에 1억.

25편을 한 권이라고 친다면 1권에 25억을 달라는 말이었다. 10권이면 250억.

이건 시장에서 책을 파는 것과 완전히 다른 이야기였다. 인기가 있을지 없을지도 모를 이야기를 미리 사라는 말이다.

우민은 여전히 태연했다. 뭐 문제 될 게 있냐는 듯한 태도였다.

"조건을 말했고, 이곳에 절 보러 오고 있습니다."

"그러니까 협상을 하러 오고 있는 거잖아. 조건을 조율하고, 서로가 손해 보지 않는 선에서 타협하는 행위 말이다."

"이것도 제가 손해 보는 조건인데 왜 협상을 해야 하나요?"

진심으로 하는 말이라는 걸 이제 너무나도 잘 알기에 손석민은 입을 꾹 다물었다.

마침 직원 한 명이 회의실로 황급히 뛰어들어 왔다.

"하, 하이두 마진위 회장님 오셨습니다."

여전히 우민은 태연하게 웃으며 앉아 있었고, 손석민은 애가 타는지 앞에 놓여 있던 커피를 벌컥거리며 들이마셨다.

*　　　　　*　　　　　*

회의실로 들어온 마진위가 두 팔을 번쩍 벌렸다.

"동생!"

그러나 우민의 반응은 차갑기만 했다.

"동생 아니라고… 이미 몇 번이나 말씀드렸을 텐데요."

히죽.

능글맞게 웃은 마진위가 한 걸음 더 앞으로 다가갔다.

"못 본 사이에 더 잘생겨졌어. 아직 여자 친구 없지? 내 조카 한번 만나보라니까. 동생도 알잖아, 얼마나 미인인지. 솔직히 양귀비 저리 가라 아냐?"

마진위는 끝까지 동생이라는 호칭을 버리지 않았다.

"아직 생각 없습니다."

"허허, 남자란 모름지기 일과 사랑을 모두 쟁취해야 하는 법이야."

"일은 이미 성취했고, 사랑은 쟁취하는 게 아니라 함께 만들어 나가는 겁니다."

우민은 한마디도 지지 않고 마진위의 말을 수정했다. 그럼에도 마진위는 전혀 불쾌한 모습을 보이지 않았다.

'회장님이 원래 저런 성격이셨나…….'

평소 직원들의 말을 잘 들어주신다는 건 알고 있었다. 그러나 저렇게 허물없이 상대하지는 않았다.

"하하, 내가 이래서 동생을 좋아한다니까. 자신감 있는 모습!"

마치 희극 영화의 한 장면을 보는 것처럼 마진위가 엄지를 치켜들었다. 그러고는 능글맞게 웃어 보이며 빠르게 말을 이었다.

"그러면서도 다정하기 그지없는 생각. 정말 최고다, 최고. 그렇지 않아?"

약간은 경박스럽기까지 한 모습이었다. 비서는 마치 답은 정해져 있다는 듯 딱딱하게 대답했다.

"맞습니다."

인사치레가 오가고 선뜻 나서지 못하는 손석민을 대신해

우민이 입을 열었다.

"조건은 이미 들으셨을 테고, 여기까지 찾아오셨다는 건 조건을 수용하겠다는 뜻으로 받아들여도 될까요?"

꿀꺽.

갑작스러운 우민의 직구에 손석민이 마른침을 삼켰다.

하이두.

매출 10조가 넘어가는 중국의 거대 기업. 그곳의 회장이 우민을 가족처럼 살갑게 대하고 있었다. 어쩌면 정말 우민의 말대로 지난한 협상의 과정 없이 이대로 진행되는 건 아닐까?

그런 기대는 이어진 마진위의 대답에 여지없이 무너졌다.

"아이고, 급하기도 하지. 방금 비행기에서 내려 여기로 왔다. 일단 밥부터 먹자."

손석민은 대충 '밥'이라는 단어는 알아들었다. 그러나 전체적인 대화의 내용을 완벽하게 이해하지는 못했다. 고개가 우민이 있는 쪽으로 돌아갔다.

"식사하러 가자십니다."

우민의 말에 손석민이 벌떡 자리에서 일어나 짧은 중국어로 말했다.

"식당 잡아놨습니다. 가시죠."

근처 직원들과 자주 가는 삼겹살집.

우민의 주장으로 예약한 곳이었다. 가게로 들어가면서도 손석민은 긴장의 끈을 놓치지 못했다.

혹시나 준비한 장소가 미흡하다는 핑계로 자리를 박차고 나갈까 걱정이 이만저만이 아니었다.

그러나 그런 손석민의 걱정은 가게로 들어서는 순간 날아갔다.

"오오! 역시 동생. 내 취향을 정확하게 기억하고 있구나. 한 국에서는 삼겹살에 소주지."

"낮부터 술이라니요."

"어허, 자고로 낮술이야말로 진실한 이야기를 나누는 데 최고야."

우민은 여전히 냉담했다.

"정상적인 인간도 '개'로 만드는 게 낮술이라 했습니다."

푸흡.

함께 따라 들어가던 비서가 웃음을 참지 못하고 신음을 토했다. 예약된 자리에 앉은 마진위가 익숙한 한국어로 소리쳤다.

"이모님! 여기 이슬 신선한 걸로 한 병!"

우민이 말릴 틈도 없이 한바탕 술판이 벌어졌다.

쭈우욱.

마진위의 종용에 손석민이 앞에 놓인 술잔을 빠르게 비워냈다. 옆쪽에 쌓인 초록색 병이 벌써 4병.

인당 한 병쯤 마신 셈이었다.

"캬아!"

단숨에 술잔을 비운 손석민이 탁자 위로 잔을 내려놓았다.

"와하하! 아주 마음에 들어. 호탕하구먼."

"하하, 감사합니다."

"동생은 능력만 좋지 영 재미가 없어."

"낮부터 술을 먹어서 그런 겁니다."

우민은 굳이 대꾸하지 않고, 앞에 놓인 삼겹살을 한 점 집어 들었다.

"조카 녀석이랑 똑같은 말을 하는구먼. 중국에는 언제 올 거야. 그 녀석이 많이 보고 싶어 해."

"……"

"하필이면 이런 잘생기고 인기 많은 놈한테 반해서. 별 시답잖은 놈이었으면 좀 좋아. 그런 놈이었으면 주변에 여자가 없으니 한걸음에 달려왔을 거 아냐."

마진위가 아쉽다는 듯 입맛을 다셨다. 눈치를 보아하니 서로 보통 사이가 아니었다.

눈치를 살피던 손석민이 물었다.

"그런데 우민이랑은 어떻게 알게 된 사이신지요?"

"와하하, 이 녀석이 말 안 하던가? 하여간 비밀도 많지."

"할 건지 말 건지나 알려주세요."

"어허, 아직 밥도 다 안 먹었는데 이리 급해서야."

"누가 능구렁이 같은 아저씨를 몰라요?"

마진위는 앞에 놓인 술잔을 다시 비우고 입을 열었다.

"나에게는 조카 한 명이 있네. 눈에 넣어도 아프지 않은 아이지. 그 아이를 낳고 세상을 떠나 버린 동생, 그 아이에게는 엄마가 되겠지. 조카는 엄마에 대한 그리움 때문인지 어린 시절부터 마음의 문을 닫아버렸네."

우민은 이제 지겹다는 듯 고래를 흔들었다. 처음 듣는 이야기에 손석민의 눈은 화등잔만 하게 커졌다.

비서 역시 마진위의 가정사까지는 알고 있지 못했는지 처음 듣는 눈치였다.

"그런 아이가 하루 종일 눈을 떼지 않는 책이 있었네."

말하지 않아도 누구의 책인지 알 것 같았다.

"다행히 나에게는 그 작가를 수소문해서 원하는 곳으로 부를 만한 돈이 있었지. 그런데 마치 운명처럼 그 친구가 중국에 입국해 있었던 거야."

그때를 생각하던 마진위가 살짝 흥분이 되는지 앞에 놓인 술잔을 다시 비워냈다.

"처음에는 일억을 불렀네. 그런데 말이야. 어라, 안 오겠다네? 그래서 십억을 불렀지. 그랬더니 하는 소리가 뭔 줄 아나?"

손석민은 왠지 우민이 무슨 말을 했을지 알 것 같았다.

"혹시 빌 게이츠를 들먹이지 않았습니까? 빌 게이츠가 땅에 떨어진 돈을 줍지 않듯이 뭐 어쩌고저쩌고."

손석민의 말에 마진위가 무릎을 탁 쳤다.

"맞아! 뭐라더라. 자기가 움직일 시간에 글을 쓰면 십억은 넘게 벌 수 있다나? 아, 이 녀석 보통이 아니구나. 그때 알았지."

우민은 그저 조용히 삼겹살만 집어 먹고 있을 뿐이었다. 하이두 회장에게도 똑같은 태도로 임했다는 말에 손석민은 슬쩍 우민을 바라보았다.

'설마 했지만 언제나 역시로 끝나는구나.'

일관성.

그것 하나만큼은 누구에게도 지지 않을 사람이란 걸 다시 한번 깨달았다.

"그래서 솔직하게 말했지. 조카가 아프다. 와서 한 번 도와 달라. 그랬더니 오겠다고 하더라고."

그때가 생각나는지 마진위가 또 한 잔 술을 들이부었다. 옆에 놓인 병은 벌써 5병을 넘어가고 있었다.

"와서 글도 읽어주고, 글쓰기도 가르쳐 주고. 뭐라고 해야 하나… 문학 치료? 어쨌든 얼마 지나지 않아 조카 녀석이 입을 뗐어. 삼촌, 하고 싶은 게 생겼는데 혹시 노트북 한 대 사줄 수 있냐고 물어보더군."

긴 이야기도 끝을 향해 가고 있었다.

"그때부터 동생 삼았다. 비록 이 녀석은 싫어하는 것 같지만."

우민은 굳이 대답하지 않고, 또다시 삼겹살 한 점을 집어 들었다. 마진위는 앞에 놓인 술잔을 다시 집어 들어 손석민과 잔을 부딪치고는 한 방에 입속으로 털어 넣었다.

*　　　　*　　　　*

"휴우……."

사무실로 돌아온 손석민이 긴 숨을 내쉬었다. 그때마다 진한 알코올 향기가 사무실 안을 가득 채웠다.

"그러기에 제가 그분 페이스 맞추지 말라고 사전에 말씀드렸잖아요."

눈을 감고 의자 깊숙이 몸을 기댄 채 앉아 있던 손석민이 자리에서 벌떡 일어나 황급히 화장실로 달려갔다.

욱.

우욱.

한참 동안 변기와 씨름을 하던 손석민이 비틀거리며 기어 나왔다. 네 발로 나오려는 걸 직원의 부축을 받아 겨우 책상 앞에 앉았다.

"그래도… 덕분에 우리 조건대로 된 것 아니겠냐."

"아저씨가 그렇게까지 먹지 않으셨어도, 어차피 그대로 됐을 겁니다. 그 회장님이 여기까지 오셨다는 건 그런 의미라고요."

손석민이 대답도 하지 못하고 가쁜 숨을 내쉬었다. 또다시 속이 울렁거리는지 눈을 감고 연신 뒷목을 주물렀다.

"…휴우."

"아저씨 말대로 우리 쪽에 절대적으로 유리한 조건이긴 하죠. 그런데 결국 그대로 되지는 않을 거예요."

"…그게 무슨 말이냐. 내가 아까 계약서에 도장까지… 찍었는데… 그러려고 먹은 술이 몇 병인데……."

"속에 능구렁이가 수천 마리는 들어 있는 사람입니다. 이대로 계약이 진행될 리가 없어요. 그래서 처음부터 얼핏 말도 안 돼 보이는 조건을 말씀드린 거예요."

손석민이 그럴 리 없다는 듯 손을 더듬거려 아직 잉크도 채 마르지 않은 계약서를 꺼내 우민에게 보여주었다.

"여기 다 적혀 있는데도 말이냐?"

"중국 스타일 모르십니까? 그런 종이 쪼가리 아무짝에도 쓸

모없습니다."

"⋯⋯."

"꽌시. 중국에서 계약서보다 중요하게 생각하는 것."

우민이 앞에 놓여 있는 커피를 한 모금 머금으며 입안을 헹
궜다. 기름진 삼겹살의 향기가 조금은 씻겨 내려가는 듯했다.

"물론 큰 틀에서 벗어나는 일은 없을 테지만요."

우민의 설명에 힘을 잃은 손석민은 더 이상 대꾸도 하지 못
하고, 고개를 떨어뜨렸다.

드르렁.

그러더니 이내 코를 골기 시작했다.

우민은 조용히 자리에서 일어나 사무실을 빠져나왔다.

                    *   *   *

며칠 뒤 정말 생각지도 않은 뉴스가 TV, 신문, 인터넷을 가
리지 않고 흘러나왔다.

＜정부 '북핵' 위협에 대비, 사드(THAAD) 도입 전격 결정＞

＜사드 2기 추가 도입. 반대 시위 격화＞

＜중국 사드 배치 반대 성명 발표＞

＜중국 내 뚜렷한 '혐한' 현상 발생＞

〈사드 보복, 오늘부터 한국 관광 금지 전면 시행〉

사드 배치로 인한 중국의 보복이 시작되고 있다는 뉴스였다. 가장 먼저 유커를 상대로 한 관광 산업이 타격을 입었고, 중국에 진출해 있는 국내 유통 대기업들은 아무 이유 없는 세무조사, 소방 점검, 위생 조사 등을 당해야 했다.

한마디로 중국에서 나가라는 소리.

중국 내에는 '혐한' 기류가 급속도로 퍼져 나갔다. 그러한 기류는 한국의 기업들만이 아니라 한류에도 영향을 미쳤다.

"그래서 젊은 시장, 더 디렉터는 판권 계약이 어렵게 됐다는 말씀이시죠?"

—내 선에서 해결될 문제가 아니다. 정부 차원에서 대대적으로 단속을 하고 있어.

"말씀하지 않으셔도… 알 것 같네요."

뉴스에는 중국의 사드 보복만이 아니라, 각종 예능 프로에서 드라마까지 표절 의혹을 받고 있는 프로그램들의 목록도 흘러나오는 중이었다.

더 디렉터는 '중국 최고 감독'으로, 젊은 시장은 '아름다운 정치인'이라는 이름으로 론칭되었다.

—네가 올리는 작품은 걱정하지 마라. 그것만은 형님이 책임지고 지켜준다.

"…그것참 고맙네요."

─와하하. 고마우면 중국 와서 밥이나 한 번 사. 아참, '무한 록'도 좋긴 한데… 그런 중국 감성 겨냥한 것 말고 또 없을까? '떨어진 달'처럼 세계에 통할 만한 작품으로다가 말이야.

"생각해 보겠습니다."

그 말을 끝으로 우민은 통화를 끊었다.

"감히 내가 만든 작품을 표절해?"

예전부터 마음에 들지 않았다. 비록 '마진위'에게 말해 '하이두 클라우드' 서비스에 떠돌아다니는 소위 스캔본, 텍본은 막았지만 불법 번역본까지는 막지 못했다.

이제는 자신이 대본을 작성한 방송이 표절되어 제작되고 있었다.

으득.

우민이 이를 갈았다. 곱씹으면 곱씹을수록 화가 나는지 자리에 앉아 있지 못하고, 벌떡 일어나 사무실을 나섰다.

*　　　　*　　　　*

W 출판사.

우민의 수입을 주춧돌로, 왕십리에 마련되어 있던 사무실을 버리고 이제는 가로수길 근처로 사무실을 옮겼다.

출판사 수입의 70% 이상이 우민에게서 발생하는 이상 우민과 가까운 거리에 출판사 사무실을 두는 건 어쩌면 당연한 일이었다.

우민은 자전거를 타고 압구정역과 가로수길 사이에 위치한 W 출판사에 도착했다.

출판사 건물에 도착하는 순간, 등 뒤에서 식은땀이 흘러내리며 온몸의 센서가 미칠 듯한 비명을 질러냈다.

위험.

위험.

위험.

뒤를 돌아보자 소녀들이 두 눈을 크게 뜨곤 우민을 바라보고 있었다.

"우, 우……."

그들은 우민을 본 놀라움 때문인지 입을 벌린 채 뻣뻣하게 굳어버렸다. 놀라움을 넘어 아예 사고가 정지되어 버린 듯 우민의 이름을 제대로 부르지도 못했다.

우민은 재빨리 주변을 스캔했다. 그런 소녀들이 한둘이 아니었다.

최소 두 자리 숫자.

여기서 잡혔다가는 얼마 동안 시달려야 할지 모른다.

'뛰어!'

우민은 튼튼한 두 다리에 명령을 내렸고, 소녀 팬들이 정신을 차리기 전에 재빨리 사무실 안으로 들어설 수 있었다.

"휴우… 뒷문 하나 만들어달라고 해야겠어. 아니면 다른 곳에서 만나든가."

우민이 짧게 한숨을 내쉬며 엘리베이터에 올라탔다.

손석민도 뉴스를 확인했는지 우민을 기다리고 있었다.

손석민 외에도 익숙한 얼굴이 둘이나 앉아 있었다. M방송의 대표 예능으로 자리 잡은 '더 디렉터', '젊은 시장'의 메인 PD를 맡고 있는, 신 PD, 이 PD.

"표절 관련 대응 방안을 공유해야 할 것 같아서 내가 불렀다."

우민은 별말 없이 자리에 앉았다. 먼저 신 PD가 입을 열었다.

"방송국에서도 대응 방안을 토의 중에 있습니다. 저희 국장님께서는 일단 상황을 지켜보자고 하셨습니다."

원론적인 반응.

어차피 큰 기대는 걸지 않고 있었다. 손석민이 우민에게 물었다.

"마 회장님께서는 별말 없으셨어?"

"많이 있었습니다. 마치 절 놀리듯 미안하다며, 방송은 자신도 어쩔 수 없다고… 연재는……."

거기까지 말한 우민은 말을 멈추었다. 소설에 관한 사항을 굳이 두 PD가 있는 자리에서 말할 필요는 없었다.

상황을 눈치챈 신 PD도 굳이 깊게 파고들지 않았다.

"이렇게 된 이상 중국 시장은 포기하고, 일본이나 동남아 쪽 시장을 노리자는 이야기도 나오고 있습니다."

"흐음……."

"이미 제작비는 다 뽑았으니 수출되기만 하면 남는 장사니까요."

'더 디렉터' 그리고 '젊은 시장'은 M방송과 손석민의 회사에서 제작비의 절반씩을 대고 제작에 들어갔다. 추후 추가되는 제작비는 W 출판사에서 지급하는 조건이었다.

추가된 제작비까지 더해지면 방송에 대한 지분은 6 대 4.

동남아시아에서 가장 큰 시장인 중국 수출이 무산되었을 때 더 많은 손해를 입는 것도 W 출판사였다.

우민이 M방송국의 입장을 한마디로 정리했다.

"일단 중국 시장은 포기하자는 말씀이신 거네요."

신 PD가 무겁게 고개를 끄덕였다. 지금껏 침묵하고 있던 이 PD가 입을 열었다.

"죄송합니다, 작가님. 열심히 대본 써주셔서 재밌는 방송 만들어주셨는데 이런 불상사가 생겨서……."

마치 자신이 잘못한 것처럼 미안해하는 이 PD를 보며 우민이 손을 휘저었다.

"피디님 때문에 생긴 일도 아닌데요. 그러실 필요 없습니다."

손석민도 한마디 거들었다.

"그래요. 중국 그 오만방자한 놈들 하는 일이 다 그렇죠 뭐."

"그, 그래도……."

"너무 걱정하지 마시고, 돌아가서서 방송만 잘 만들어주세요. 앞으로 어떻게 할지는 좀 더 생각을 해보겠습니다."

기다렸다는 듯 신 PD가 자리에서 일어났다.

"그래, 또 무슨 일 있으면 연락하고. 나는 촬영이 남아 있어서 먼저 일어나마."

미안함 때문에 일어나지 못하는 이 PD에게 우민이 말했다.

"이 PD님도 가보세요. 가서 방송을 재밌게 만들어주시기만 하면 됩니다."

우민의 재촉에 이 PD가 자리에서 일어났다.

둘이 남게 되자마자 우민이 분통을 터뜨렸다.

"이 마파두부 같은 사람이! 내 이럴 줄 알았다니까."

손석민이 우민에게 물었다.

"자세히 말해봐. 뭐라고 했어."

"방송은 자신도 어쩔 수 없다고 했어요. 대신 '무한록'은 책임지고 연재될 거라 하더군요. 미안하니까 다른 작품 연재도 할 게 있으면 내놓으라고 했어요."

우민은 분이 삭이질 않는지 앞에 놓인 차가운 커피를 벌컥거리며 마셨다.

"이왕이면 중국 감성에 맞춘 작품 말고, '떨어진 달'같이 세계에 통할 만한 보편적 정서를 가진 작품으로 써주면 유통은 걱정 말라고 했습니다."

"조건은?"

"비슷하거나 더 높게."

"뭐?"

손석민의 두 눈이 동그랗게 떠졌다. 사실 지금 조건만으로도 충분히 만족하고 있는 중이었다.

일본 최고의 인기 작가 무라카미 하루키가 국내에 책을 출판할 때 받는 선인세가 대략 20억가량으로 알려져 있었다.

우민이 '하이두 웹소설' 플랫폼에 연재하면 받게 될 돈은 최소 20억의 15배인 300억.

도대체 무슨 생각으로 도박 같은 베팅을 진행하는 건지 도통 이해가 가질 않았다.

"아오, 얄미워. 이 형님 분명 날 골탕 먹였다고 좋아하고 있겠지."

300억으로도 만족하지 못하는 우민이나, 그런 돈을 아낌없이 쓰는 '마진위'나 손석민이 생각하는 범위를 벗어난 사람들. 다시 한번 머리가 아닌 가슴으로 받아들여야 한다는 사실을 깨닫는 중이었다.

"그래서 어쩔 셈이냐?"

미국과 버금가는, 말이 통하지 않는다는 점에서는 세계 최강 중국 정부가 추진하고 있는 일이다.

아무리 우민이라도 할 수 있는 일이 없었다.

"사회주의 국가이자 공산당 일당 체제에서 독재 아닌 독재가 벌어지고 있는 나라. 인구 13억이라는 머릿수를 믿고 까부는 나라."

우민이 말하는 키워드를 듣고 있자 불길함이 손석민의 머리를 스쳐 지나갔다.

"너… 설마 미국에서처럼 행동하려는 건 아니지?"

생각만으로 두통이 일고 걱정이 밀려왔다. 혹시나 하는 마음에 손석민이 빠르게 말을 이었다.

"미국에서야 그렇게 행동해도 경찰이 보호해 주지만 중국에서 그런 식으로 행동하면 공안 요원에게 바로 잡혀 간다. 너도 알다시피 거기는 법과 질서가 통하는 곳이 아니야. 들어가면 끝이다, 끝."

"그 정도는 저도 알고 있어요. 일 년 동안 세계를 돌아다니며 중국이란 나라도 충분히 경험했습니다."

오한이 드는지 손석민이 살짝 몸을 떨었다.

"그런데… 왜 이렇게 불안하냐."

"지금 상황이 제 그릇의 크기를 벗어났다는 사실쯤 저도 충분히 인지하고 있습니다. 이때 할 수 있는 일은 한 가지밖에 없겠죠."

굳이 대답을 바라고 한 말이 아니라는 것쯤 손석민도 알고 있었다. 손석민이 조용히 우민의 말을 경청했다.

"계획을 바꿔 먼저 일본에 진출할 겁니다. 그리고 인도네시아, 베트남, 필리핀, 태국, 말레이시아 등 동남아를 점령하고 다시 세계로 눈을 돌릴 겁니다."

다시 커피를 한 모금 마신 우민이 말을 이었다.

"한류가 전 세계를 휩쓸게 될 겁니다. 그 선봉에는 제가 서 있을 테고요. 세계인이 즐기는 콘텐츠, 그 곁에는 언제나 제 이름이 꼬리표처럼 붙어 다닐 겁니다."

손석민은 아직 우민의 말을 이해하지 못했다.

"그래서? 그게 중국 진출이랑 무슨 상관이란 말이냐."

"중국에는 진출하지 않을 겁니다. 전 세계인이 즐기는 문화, 예술에서 중국만 배제되는 겁니다."

"…뭐?"

"철저하고, 지독하게 배척할 겁니다. 중국이라는 이름과 조금의 관련성만 있어도 상종조차 하지 않을 겁니다. 고인 우물은 썩게 마련이고, 그들 내에서 생산하고, 소비되는 문화는 절로 퇴보되게 만들 겁니다."

손석민도 대충의 의도를 알아들었다. 그러자 궁금증이 생겼다.

"'무한록' 연재는? 지금 계약 파기를 하겠다는 말이냐?"

"일종의 애피타이저랄까요? 아예 맛을 모르면 그 음식이 생각도 나지 않는 법입니다. '무한록'에 대한 열광은 저에 대한 관심으로 이어질 테고, 머지않아 갈구, 갈망, 그리고 열망하게 될 겁니다."

"……."

"그때서야 알게 되겠죠. 제가 얼마나 속이 좁은 놈인지."

말을 하던 우민은 웃어 보였다. 생각할수록 즐겁다는 듯 입가에 걸린 미소가 사라지지 않았다.

"그리고 되새겨야 할 겁니다. 오늘의 조치로 그들이 잃어야 하는 건 제 개인에 대한 신뢰가 아니라 전 세계인의 신뢰. 그리고 느끼게 될 겁니다. 전 세계인이 즐기는 문학을 향유하지 못하는 상실감. 불법 번역본만을 봐야 한다는 죄책감."

"그, 그런 걸 느낄까?"

"그 정도의 생각도 없다면 굳이 상종할 필요도 없습니다. 저는 보편적 관념을 가지고 있는 사람을 상대하는 것만으로도 바쁘니까요."

"그, 그렇구나."

"그리고 그렇게 된다 해도 상관없습니다. 그런 사람들에게 어울리는 '글'을 던져주면 되니까요. 질서는 무너지고, 도덕은 타락하고, 법은 유명무실하게 만들어 버리는 그런 글. 그런 문학으로 망국의 길로 이끌어 버릴 겁니다."

손석민은 또다시 몸을 떨었다. 우민은 결코 빈말을 하는 친구가 아니다.

'마치 네가 중국이라는 세계 최강대국도 무너뜨릴 수 있을 것처럼… 말하고 있잖아.'

속에 있는 말은 굳이 하지 않았다. 자신도 알고 있는 너무나도 유명한 명언.

펜은 칼보다 강하다(에드워드 불워−리튼).

그 말이 오늘처럼 마음에 와닿은 적이 없었기 때문이다.

*   *   *

베이징의 한 대형 서점.

상소운은 자신이 좋아하는 작가 중 한 명인 이우민의 신간이 나왔다는 소식에 서점을 찾았다.

그러나 아무리 서점을 둘러봐도 책을 찾을 수 없어 점원에게 물어보자 들리는 황당한 소리.

"절판되었습니다."

"네?"

"출판사에서 책 출간을 취소시켰습니다."

불현듯 머릿속에 얼마 전 중국 정부에서 시행한 정책이 떠올랐다.

'사드 여파 때문인가.'

혹시나 하여 도서관에서 빌려보고, 아직 소장하고 있지 못한 다른 책들을 물어보았다. 돌아온 대답은 한결같았다.

"절판되었습니다."

"그 책도 절판되었네요."

"말씀하신 책도 없습니다."

우민의 이름으로 출간된 책이 단 한 권도 남아 있질 않았다. 설마 하는 마음에 다른 서점에 가보았다.

거기에서도 상황은 마찬가지.

집으로 돌아가는 지하철 안에서 핸드폰을 켜보았다. 온라인 서점에서도 팔지 않는다는 사실은 진작 확인했다.

상소운은 자신이 자주 가는 출판물 관련 커뮤니티에 접속해 보았다.

—이우민 작가 책. 절판 사실인가요?

—오프에도, 온라인에도 안 팔던데 구하신 분?

다른 사람들도 사정은 마찬가지였다. 그 밑에는 책을 구하지 못한 사람들이 쓴, 거래를 위한 글들이 올라와 있었다.

—이우민 작가 책 구합니다.
—이우민 작가 신작 파실 분.

그리고 상소운도 혹하게 만드는 글이 눈에 띄었다.

—양장본 가지신 분 계시면 두 배에 삽니다.

"두 배?"

절판된 지 얼마나 됐다고 벌써 두 배에 사겠다고 하는지 이해가 가질 않았다.

상소운은 앞으로 벌어질 일은 상상도 하지 못한 채 커뮤니티에 올라와 있는 글들을 읽어나갔다.

제6장

한류의 주역 II

인천국제공항.

긴 생머리에 하얗다 못해 푸른빛 핏줄이 비치는 여자가 캐리어를 끌고 출국장을 나섰다. 한 떨기의 청초한 수정꽃을 연상케 했다.

"이 작가님이 태어나고 자라신 곳……."

바깥으로 나온 중국인 여자 시우란.

마진위의 조카이자 우민의 책을 통해 히키코모리 생활을 청산한 여자였다.

"주소가 어디라고 하셨지."

시우란이 주머니에서 핸드폰을 꺼내 들었다. 그 안에 적혀 있는 메모에는 우민의 작가 그룹 사무실 주소가 적혀 있었다.

주소를 확인하기 위해 잠시 앉아 있는 사이, 건장한 체격의 남자 한 명이 그녀에게 다가왔다.

"저, 저기… 혹시 전화번호 좀 알 수 있을까요?"

갑자기 다가온 남자의 질문에 시우란이 어리둥절해하며 고개를 돌렸다.

마치 무슨 말인지 못 들었다는 듯한 표정. 남자가 초조한 표정으로 시우란을 쳐다보았다.

"……."

계속되는 침묵에 남자가 마른침을 삼켰다. 시우란이 하는 수 없다는 듯 중국어로 말했다.

"抱歉(미안해요)."

"아……."

그제야 남자가 아쉽다는 듯 입맛을 다셨다. 남자가 떠나가자 시우란은 또 다른 낯선 사람이 다가올까, 서둘러 택시를 잡아탔다.

그 순간 공항에 있던 수십의 남자들이 멈춰 있던 발걸음을 서둘러 움직였다.

*　　　　*　　　　*

신사동 가로수길.

카타리나의 제안으로 오랜만에 바깥바람을 쐬러 거리로 나
왔다.

평일 초여름.

핫 플레이스답게 거리에는 젊은이들이 심심치 않게 보였다.
대로변 통유리가 열어젖혀져 있는 카페 한 곳에 자리를 잡고
앉은 우민이 아이스 아메리카노를 마시며 멍하니 거리를 지나
다니는 사람들을 바라보았다.

그런 우민을 보며 카타리나가 물었다.

"무슨 생각해?"

"그냥 이런저런."

툭.

카타리나가 발끝으로 우민의 정강이를 건드렸다.

"아! 뭐 하는 거야."

"너답지 않게 웬 궁상?"

"이런 건 궁상이 아니라 사색이라고 하는 거다. 나도 때로
는 쉼표가 필요한 사람이야."

우민의 말에 카타리나가 두 팔을 활짝 펼쳤다.

"자, 여기로 들어와. 포근하게 안아줄게."

우민이 마땅찮은 표정으로 카타리나를 바라보았다.

"일없다."

"왜, 너도 알잖아……."

카타리나가 부끄럽다는 듯 말소리를 줄였다. 그러고는 천천히 우민을 향해 고개를 내밀며 속삭였다.

"나… 엄청 커."

푸확.

우민이 미처 삼키지 못한 커피를 내뿜었다. 그 모습에 카타리나가 즐겁다는 듯 꺄르르 웃어 보였다. 우민은 그저 작게 한숨을 내쉴 뿐이었다.

"장난 아닌데… 한번 볼래?"

"괜찮다……."

"쩝."

입맛을 다신 카타리나도 앞에 놓여 있던 카페라떼를 한입 마시며 주변을 둘러보았다.

"아직 이름도 알려지지 않은 내 인기가 상당한 거 같아. 남자들이 나한테서 눈을 떼질 못하네."

카타리나의 말에 우민이 놀리듯 대답했다.

"많이 알려졌을 텐데. 민폐녀, 또 뭐라더라. 사생팬?"

"우이씨."

약 올라 하는 카타리나를 보며 우민이 중얼거렸다.

"날씨 조오타."

그런 둘의 곁으로 머리 위에는 선글라스를 걸치고, 청바지에 흰색 블라우스를 받쳐 입은 여자가 다가왔다.

"저기… 혹시 이우민 작가님?"

고개를 돌린 우민이 중국어로 말했다.

"抱歉(미안해요)."

능숙한 중국어에 다가왔던 여자가 다시 제자리로 돌아갔다.

"뭐야, 네 팬인 것 같은데 그래도 돼?"

혹시 돌아간 여자가 들을까 우민이 조용히 속삭였다.

"너와 단둘만의 시간을 방해받고 싶지 않았어."

후욱.

말을 마친 우민이 카타리나의 귀에 살짝 바람까지 불어 넣었다.

화악.

카타리나의 볼이 복숭아처럼 달아올랐다. 우민이 결정타를 날렸다.

"喜欢(좋아해)."

우민의 능숙한 중국말. 그러나 카타리나는 알아듣지 못했다. 단지 달달한 뜻이라는 것만은 느낌으로 알 수 있었다.

"뭐, 뭐라는 거야. 알아듣게 말해!"

우민이 몸까지 배배 꼬며 말했다.

"알아듣게 하면 부끄러운걸……."

"너, 너!"

우민은 여전히 짓궂게 웃으며 카타리나를 바라볼 뿐이었다. 우민의 장난이란 걸 알면서도 카타리나는 요동치는 심장을 멈추기 힘들어 부단히 애를 써야 했다.

점심시간이 끝나고 둘이 다시 사무실로 돌아왔을 때, 묘령의 여인이 소파에 앉아 있었다.

우민도 그녀를 아는 눈치인지 놀란 기색이 역력했다. 전석영이 나서서 우물쭈물해하며 말했다.

"작가님 만나러 중국에서 오셨대요. 함부로 사람 들이지 말라고 하셔서 안 된다고 몇 번을 말했는데 서로 아시는 사이라고 괜찮다고 하셔서……."

"괜찮습니다. 잘하셨어요."

우민의 시선은 여전히 묘령의 여인, 마진위의 조카인 시우란에게 고정되어 있었다. 함께 들어온 카타리나가 물었다.

"저 여자는 누구야?"

경계의 눈빛이 가득했다. 이제 겨우 유민아라는 걸출한 경쟁자가 사라진 마당에 이 무슨 사태란 말인가.

파지직.

두 여자 사이에서 불꽃이 튀겼다.

"중국에서 알게 된 사람."

"아, 사람? 나는 동료이자 친구이자 뮤즈인데."

카타리나의 도발에 시우란의 이마에 힘줄이 돋아났다가 금세 사라졌다.

"작가님, 왜 한 번도 안 오셨어요. 제가 얼마나 기다렸는지 아시면서… 저희는 함께 밤을 지새운 사이잖아요."

시우란의 말에 일동 경악했다. 특히나 카타리나의 경계심이 한층 강해졌다.

'저, 저 불여우 같은 게. 어디서 헛소리를!'

커다란 눈망울에는 투명한 눈물이 그렁그렁 맺혀 있었다. 카타리나가 시선을 살짝 아래로 내려다보았다.

'말도 안 돼.'

그 밑에 자리 잡고 있는 두개의 탑. 자신과 달리 풍성한 옷을 입었음에도 볼륨감이 숨겨지질 않았다.

'서, 성형일 거야. 저, 저건 사람이 가질 수 있는 게 아냐.'

상식을 벗어난 크기에 카타리나는 자신도 모르게 마른침을 삼켰다. 잘록한 허리, 커다란 골반, 매끈한 각선미는 당연한 것이었다.

가히 위협적인 외형이라 할 수 있었다.

'쉽지 않겠어.'

우민이 한발 앞으로 나섰다.

"여기까지 와서 이상한 소리를 늘어놓는 걸 보니 이제 다

나왔구나."

시우란이 능숙한 한국어로 답했다.

"이게 다 작가님 은공입니다."

"그런데 여기까지는 왜 온 거야."

"아직 작가님께 배워야 할 게 많아요. 낮에도… 그리고 밤에도……."

말을 하던 시우란이 살짝 볼을 붉혔다. 귀를 의심하는 말에 사람들은 다시 한번 경악했다. 카타리나는 불같은 질투심이 이는 걸 느껴야 했다.

"그만."

단호한 우민의 한마디에 두근거리던 카타리나의 심장이 차츰 안정을 찾아갔다. 시우란도 입을 닫고 우민을 바라보았다.

"헛소리만 늘어놓는 사람에게 내어줄 자리는 없어."

"헛소리가 아니라……."

항변하는 시우란의 두 눈에 금세 눈물이 맺혔다. 지켜보던 남자 둘, 전석영과 함수호는 심장이 아려와 인상을 찌푸렸다. 왜인지 모르겠지만 시우란의 말 한마디, 손짓 하나에 몸과 마음이 갈대처럼 움직였다.

경국지색.

화용월태.

천하일색이라는 말로는 설명하기 부족했다. 사람을 끌어당기는 끈적끈적한 마력이 존재했다.

"시우란."

우민의 음성이 무거워졌다. 시우란의 표정도 갈피를 잃고 딱딱하게 굳어졌다.

"더 이상 날 실망시키지 마."

그 한마디로 상황은 정리되었다. 시우란은 조용히 고개를 끄덕였고, 카타리나는 우민 몰래 시우란을 향해 혀를 날름거렸다. 시우란이 조심스럽게 물었다.

"쫓아내지는 않으실 거죠?"

"마 회장님이 널 찾으실 것 같은데?"

"삼촌이 알려줘서 찾아왔는걸요."

"……"

"작가님께 누가 되지 않게 최선을 다할게요. 남자 셋, 여자 셋. 숫자도 딱 좋네요."

과거 작은 방에 스스로를 가두고 마치 상처 입은 맹수처럼 외부인을 공격하던 시우란에 비하면 정말 장족의 발전.

그 아픈 모습을 알기에 우민은 쉽사리 돌아가란 말을 하지 못했다.

"작가님 곁이 아니면… 아직 많이 무서워요. 그래서 정말 힘들게 용기 내서 찾아온 거예요."

시우란은 우민의 동정심에 호소했다. 돌아가신 어머니. 자신을 버린 아버지. 불우한 환경 속에서 겨우 연명하던 삶.

"아직… 도움이 필요해요."

시우란의 절실함이 통한 걸까. 아무도 모르게 슬쩍 카타리나를 흘겨본 우민이 가볍게 고개를 끄덕였다. 그 모습을 확인한 전석영이 앞으로 나섰다.

"지, 짐 이리 주세요. 도와드리겠습니다."

옆에 있던 함수호도 넋이 나간 얼굴로 거들었다.

"자, 자리는 이쪽으로."

상황을 지켜보던 송민영이 절레절레 고개를 저었다.

*　　　　　*　　　　　*

시우란의 짐에서 나온 물건의 대부분은 선물이었다.

"이건 '궁정보이병차'로 매일 마시면 피부 미용, 다이어트 등에 효과가 뛰어나다고 알려져 있는 물건이에요. 진품을 구하기 무척 힘들었답니다."

시우란이 고급스러운 도자기 병에 담겨 있는 보이차를 송민영에게 건넸다. 송민영이 얼떨결에 보이차를 받아 들었다.

"누나, 그거 엄청 비싸 보이는데요?"

금박으로 된 포장부터가 사치스러움의 끝을 보여주었다.

"설마 진짜 금……."

시우란이 조심스럽게 고개를 끄덕였다. 이내 가방에서 두꺼운 박스를 꺼내 들었다.

"이건 중국산 산삼인데 100년 근 두 뿌리예요. 전 작가님이랑 함 작가님께서 한 뿌리씩 드시면 좋을 것 같아서 가져왔습니다."

둘의 눈동자가 화등잔만 하게 커졌다.

"사, 산삼이요?"

"믿을 수 있는 곳에서 구했으니까 가품 걱정은 안 하셔도 된답니다."

둘이 동시에 대답했다.

"미, 믿습니다. 어떻게 믿지 않을 수 있겠어요!"

100년 된 산삼에 백만 원을 넘을 것 같은 보이차까지. 준비해 온 선물의 면면이 간단치 않았다.

'여, 여시야! 저건 불여시야!'

카타리나는 확신했다. 결코 만만한 상대가 아님을 직감적으로 느끼고 있었다.

시우란이 이번에는 윤기가 자르르 흘러 반짝이기까지 하는 '치파오'를 꺼내 들었다.

"사천성에서 생산된 최고급 비단으로 치파오 제작 명장이 만든 옷이에요. 시중에서는 구할 수조차 없는 물건이랍니다."

이번에는 카타리나의 눈이 번쩍 뜨였다.

옷.

마치 자신이 좋아하는 게 무엇인지 이미 아는 것처럼 선물을 준비해 왔다. 주변 사람들의 반응을 보니 다들 흡족해하는 눈치가 역력했다.

"이건 카타리나 거예요."

고운 비단결에 한 땀 한 땀 수놓여 있는 자수에서는 범상치 않은 고수의 기운이 느껴졌다.

옷에 그려져 있는 매화가 마치 살아 있는 생화처럼 느껴질 정도였다.

카타리나도 고맙다는 말을 하지 않을 수 없었다.

"고, 고마워요."

옷을 받아 든 카타리나는 비단에서 느껴지는 촉감에 또 한 번 놀랐다. 무게감은 거의 느껴지지 않았고, 부드럽게 손을 스치는 감촉이 솜털을 연상케 했다.

모두에게 돌아간 선물.

이제 오직 한 사람 우민만이 남았다. 시우란의 시선도 우민을 보고 있었다.

"제가 아는 작가님이라면 분명… 이번 중국 정부의 조치로 크게 화가 나셨을 거예요."

시우란은 차분히 말을 이었다.

"눈에는 눈, 이에는 이. 중국 정부에서 봉쇄 정책을 펼쳤으니 비슷한 방법을 구상하고 있지 않을까 생각합니다."

마치 우민에 대해 아주 잘 아는 듯 시우란은 거침없이 말을 이어나갔다.

"그래서 삼촌이 대안을 말해주셨어요. '하이두 비디오'에서 작가님의 방송 판권을 구매, 제작하고 싶다고요."

"하이두 비디오?"

"네. 중국 최고, 최대의 동영상 공유 사이트랍니다. 이게 바로 제가 작가님을 위해 준비한 선물입니다."

하이두 비디오.

세계에서 가장 거대한 동영상 플랫폼의 접속을 차단하는 중국 내에서 동영상 플랫폼으로는 1위를 달리고 있는 사이트였다.

*   *   *

사이버 보안법.

중국의 인터넷 검열을 대표하는 법안으로 이 법에 따라 모든 인터넷 사용자는 실제 이름과 개인 정보를 수집당한다.

또한 외국 인터넷 기업들에게 사이트에서 발생하는 모든 데이터는 해당 지역에 저장해야 한다고 강제하며, 검색되는 데이터에 대한 정부의 검열을 받아들여야 했다.

즉 중국에서 발생하는 데이터는 중국 내에 저장되어야 하며, 검색되어 나오는 데이터는 정부의 입맛에 맞아야 하는 것이다.

이러한 정책으로 중국 정부는 글로벌 인터넷 기업들과 마찰을 빚었고, 대부분의 인터넷 글로벌 기업들이 철수를 결정했다. 시민들은 정부의 정책에 반발하며 VPN(가상사설망) 같은 방법을 사용하여 우회, 접속을 시도했지만 그마저도 오래가지 못했다.

그 틈에서 '하이두'는 괄목할 만한 성장을 거듭했다. '하이두 비디오' 역시 마찬가지. 중국이라는 특수한 경우를 바탕으로 성장에 성장을 거듭하는 중이었다.

중국 내에서만은 세계 여느 인터넷 기업 못지않은 위세를 자랑했다.

그리고 그건 중국 내에서만의 인기였다.

"그게 뭔데?"

"…네?"

"'하이두 비디오'라는 것도 있었어?"

시우란은 당황한 기색이 역력했다.

"주, 중국에서 가장 많은 사용자를 보유하고 있는 동영상 공유 사이트예요. 하루 접속자만 오억 명이 넘는다고요. 거기에서 이번에 넷링크 같은 스트리밍 서비스를 새롭게 시작하는

데 작가님의 방송을 송출하겠다는 거예요."

시우란이 열렬히 하이두의 우수성에 대해 설명했다. 함께 듣고 있던 함수호가 무심결에 말했다.

"거기는 그냥 텍본 공유 사이트 아니에요? 제 작품도 거기서 공유돼 가지고, 신고해도 못 잡아서 빡쳤던 기억이 있는데 어찌나 화가 나던지……."

시우란의 도끼눈에 함수호의 뒷말이 잦아들었다. 우민이 입을 열었다.

"이게 현실이다. 중국 내에서는 범접하지 못할 위상을 가지고 있을지 몰라도 바로 옆 나라에서조차… 어떻게 생각하는지 잘 알겠지?"

"작가님, 그건……."

우민이 시우란의 말을 막았다.

"알아. 세계 인구 70억 중국 인구 13억. 중국에서만 성공해도 세계에서 통한다는 말이 될 수 있겠지. 실제로 나도 그렇게 생각했었고."

도끼눈이 되었던 시우란이 차츰 진정을 찾아가며 우민을 바라보았다.

"하지만 그건 단순 양만 따진 비교일 뿐이야. '세계'라는 말에 어울린다고 볼 수 없지."

우민이 들고 있던 커피를 한 모금 마셨다.

"시우란 너도 돈이 없어서 정신적인 고통을 겪은 건 아니잖아. 꼭 필요한 것. 가장 중요한 가치. 그것이 오직 숫자에 불과하다면 중국은 미국과 같은 세계가 될 수 없다. 하이두의 숫자는 '가치'가 없는 단순한 지표에 불과해. 10억 명이 사용한다고 해도, 그것이 담아내는 가치가 '불법의 온상', 진실하지 않은 것들이라면 급변하는 IT 세계에서 금세 사라져 버리지 않을까?"

어째 일장 연설이 되어버린 것 같아 우민이 헛기침을 했다.

"크, 크흠. 뭐 말이 옆으로 새긴 했는데, 하이두 비디오에서 판권을 사서 방송을 하고 싶다 했지?"

시우란이 조신하게 고개를 끄덕였다. 우민이 빠르게 말을 이었다.

"편당 100억. 앞뒤로 붙는 광고 수입의 40%."

"네?"

"그 정도면 계약할 마음이 생길 것 같아."

우민의 말에 시우란이 어리둥절한 표정으로 우민을 바라보았다.

"방금 전까지만 해도……."

"하하, 압도적인 숫자 앞에서는 내 말도 허황된 나불거림에 불과할 뿐이지. 그리고 이게 중국의 방식이잖아. 압도적인 인구수를 바탕으로 메뚜기 떼처럼 모든 걸 집어삼키는."

시우란이 우물쭈물하며 바로 대답하지 못했다. 약간은 새침한 표정. 아마 그녀의 자존심을 건드렸기 때문이리라.

"제가 결정할 수 있는 범위를… 넘었네요. 삼촌에게 말씀을 드려봐야 할 것 같아요."

시우란이 마진위에게 위임받은 조건은 우민이 말한 내용의 10분의 1. 편당 10억의 판권에 광고 수입은 20% 정도였다.

이 정도 조건만 해도 최근 국내에서 중국으로 수출되는 프로그램들 중 최고의 계약 조건이었다.

우민이 말한 조건은 누구도 생각하지 않았던 숫자. 말 그대로 우민에게 압도적으로 유리한 조건이었다.

"그래, 한번 말씀이라도 드려봐. 어차피 나야 손해 볼 건 없으니까."

우민의 말에 송민영이 꿀꺽 마른침을 삼켰다. 방송 작가 생활만 벌써 수년째. 우민이 말한 조건이 얼마나 얼토당토하지 않은지는 너무나 잘 알고 있었다.

"자, 작가님, 그건 너무 무리한 조건인……."

"하하, 이번에 송 작가님도 인센티브 두둑이 받으셔야죠. 저희가 고생한 거에 비하면 이 조건도 약합니다."

"아무리 그래도……."

송민영의 말에 시우란이 말을 보탰다.

"달려라 퀘스트도 10억에 20%로 계약했어요. 저희 쪽 조건이 결코 떨어지는 건 아닌데…….”

“더 디렉터 현재 시청률이 41.5%다. 그 정도는 받을 만해. 대신 젊은 시장은 그 조건에 해줄게. 두 방송 판권을 모두 산다는 조건으로.”

더 이상 대화하지 않겠다는 듯 우민이 자신의 방으로 발걸음을 옮겼다. 시우란은 천천히 닫히는 문을 그저 보고만 있을 수밖에 없었다.

                    *   *   *

더 디렉터 최종 화.

정일우는 오랜만에 TV 앞에 앉았다.

“엄마, 정말 봐도 돼?”

정일우의 어머니 변양자가 고개를 끄덕였다.

“와아아아! 나도, 나도 TV.”

아직 유치원에 다니는 정일우의 동생이 달려와 변양자의 품에 안겼다.

겨우 초등학생인 정일우의 얼굴에 씁쓸한 기색이 스쳐 지나갔다.

“아들, 너도 이리와.”

변양자가 떨어져 있던 정일우를 끌어다 자신의 오른팔로

안았다.

"형아! 나 오늘 형아 그렸는데 보여줄까?"

정일우의 동생이 대답도 듣지 않고 대뜸 방으로 뛰어 들어가 도화지 한 장을 가지고 나왔다.

'100'이라는 숫자. 그 옆에 그려져 있는 사람.

"친구들한테 자랑했어. 우리 형 100점만 맞는다고."

지켜보던 변양자가 웃음을 터뜨렸다.

"호호, 그랬어?"

"응!"

정일우의 볼이 살짝 달아올랐다. 변양자가 그런 정일우의 엉덩이를 토닥이며 말했다.

"하긴 일우가 시험만 봤다 하면 100점이지. 아우, 자랑스러운 내 새끼."

정일우도 싫지 않은 눈치. 매번 동생에게 쏠려 있던 관심이 자신에게 오자 쑥스러운 듯 보였다.

"어, 한다. 조용."

변양자의 말에도 정일우의 동생은 재잘거리며 말을 멈추지 않았다. 정일우는 긴장된 눈빛으로 방송을 지켜보았다.

—마지막 방송은 사전에 안내해 드린 대로 생방송으로 진행되며 최종 우승자는 시청자 문자 참여 30%, 심사

위원단 평가 50%, 원작자인 이우민 작가의 최종 평가 20%를 합산하여 결정하게 됩니다.

—자, 그럼 더 디렉터 그 마지막 시간! 최후의 1인을 가릴 시험을 시작하겠습니다!

사회자의 말에 최종 후보 2인에게 공통의 미션이 주어졌다. 방송을 보던 변양자가 정일우에게 물었다.

"일우는 누구 응원하고 있어?"

"김승완 감독님이요."

"와! 엄마랑 똑같네?"

"끝까지 포기하지 않고 결국 저기까지 가셨잖아요. 정말 대단한 것 같아요."

마치 자신에게 하는 이야기 같아 변양자가 말을 더듬었다.

"그, 그래. 그렇지."

"엄마는 왜 화가 안 했어요?"

그리고 이어진 정일우의 돌직구에 변양자는 당황했다.

"그, 그러게. 왜 그랬었지……."

남자아이만 둘.

결혼이라는 변혁기를 거치고 육아라는 전쟁을 치르는 동안 자신의 과거는 아지랑이처럼 흩어져 버렸다.

빈 공간을 채운 건 정일우, 정일민이라는 이름을 가진 두 아이. 기억나지 않는 과거의 일이라 선뜻 대답을 하지 못했다.

그러자 정일우가 말했다.

"얼마 전에 이우민 작가님 만났잖아요. 틈틈이 그분이 쓴 책을 읽어봤어요."

혹시나 공부를 하지 않았다고 혼날세라 정일우가 빠르게 말을 이었다.

"물론 숙제 다 하고 남는 시간에 본 거예요."

변양자가 그런 정일우의 모습이 안쓰러운지 머리를 쓰다듬었다.

"괜찮아. 책은 마음껏 봐도 돼."

"국영수 위주로 보라고……."

변양자의 눈치를 보던 정일우가 황급히 말을 멈추고 다시 화제를 돌렸다.

"울분이라는 제목의 책이었는데 거기에 이런 내용이 있었어요. 내가 정말 화가 나는 건 불합리하게 느껴지는 세상 속에서 무기력할 수밖에 없는 내 모습이 아니야."

둘이 대화를 하는 와중에도 방송은 계속되고 있었다.

─자, 이제 두 지원자가 만들어낸 결과물을 확인할 차례인데요. 잠시 인터뷰를 진행하도록 하겠습니다. 김승완 지원자. 지금 심경이 어떻습니까?

―무척 떨립니다. 이렇게 긴장해 본 건 처녀작을 만들었을 때 이후로 처음인 것 같네요.

―하하, 결과는요? 결과는 어떻게 예측하십니까?

사회자의 직설적인 질문에 김승완의 머릿속으로 지난 일들이 주마등처럼 스쳐 지나갔다.

예전의 자신이라면 생각할 수도 없을 만큼 뻔뻔하게 우민을 찾아가 반응을 확인했다. 보증금까지 건드려 가며 자신이 생각하는 최고의 작품을 만들었다. 정신력으로 일주일을 자지 않고 버텨냈다. 사용할 수 있는 내, 외적 자원을 아낌없이 쏟아부었다.

―제가 할 수 있을 거라 생각하던 최선, 그 이상을 해왔습니다.

김승완이 인터뷰를 하는 모습이 65인치 UHD TV를 통해 흘러나왔다. 정일우가 막 다음 말을 시작했다.

"항상 최선이라는 말을 안주 삼아, 자기 위안에 취해 더 이상 움직이지 않는 내 팔과 다리가 나를 화나게 해."

정일우는 차마 다음 대사는 말하지 못했다.

차라리 잘라 버릴까?

잔인한 대사에 변양자가 알면 기겁을 할까 겁이 났다.

"그, 그런 대사가 있었구나……."

"혹시나 제가 아버지가 됐을 때 제 아들이 저에게 꿈을 물어본다면 나는 작가라고 대답할 것 같아요. 그리고 '아빠는 최선을 다했다. 그러나'라는 말로 변명하고 싶지 않아요."

이제 변양자의 귀에 TV 소리는 들리지 않았다. 정일우가 하는 말이 한 자, 한 자 정확하게 귀에 들어와 박혔다.

"지금보다 조금 덜 자고, 더 공부하고, 그리고 남는 시간에 글을 써볼게요."

변양자는 문득 이런 생각이 들었다.

'세상 어떤 초등학생이 이런 말을 할 수 있을까?'

그리고 자신의 아들이 안쓰러워졌다. 자신이 너무 공부에 아이를 매몰시키고 있던 건 아니었을까.

"아들……."

"써보고 싶어요. 학교 끝나고 학원을 돌고 나면 밤 9시. 숙제를 마치고 나면 11시가 넘어 자야 할 시간이지만… 그래도 해보고 싶어요."

정일우의 절실함이 변양자의 마음을 움직였다. 이토록 좋아하는데 한 번쯤 허락해 줘도 좋지 않을까. 마침 TV에서도 김승완이 다음 말을 이어가는 중이었다.

　―코피가 나면 휴지를 꽂으면 되고, 눈이 감기려 하면 '빨간 소'를 마셨습니다. 생각이 나지 않으면 날 때까지 일어나지 않았고, 모르는 게 생기면 알아낼 때까지 물어 보았습니다. 그리고 돈이 부족하면… 인터넷을 끊고, 전기를 끊고, 수도를 끊고 악착같이 작품에만 쏟아부었습니다.

　김승완의 말에 시청자들의 마음이 움직였다.

　―'최선' 그 이상의 의미가 무엇인지 확실히 알게 되었다는 것만으로도 이미 제게는 유의미한 '결과'가 나왔다고 말씀드리고 싶습니다.

　김승완의 말이 끝나고 사회자의 멘트가 이어졌다.

　―자, 지금까지 1번 지원자의 인터뷰였습니다. 다시 한번 말씀드리면 최종 우승자는 시청자 문자 참여 30%, 심사 위원단 평가 50%, 그리고 원작자인 이우민 작가의 최종 평가 20%로 이루어지게 됩니다. 시청자 여러분의

많은 참여 부탁드립니다.

사회자의 멘트가 끝이 나고, 시청자들의 문자가 방송국으로 쇄도했다.

―1번이요.

―1번이네.

―1번 지렸다.

―1번 오졌다.

―1번 네가 해라.

―1번 가자.

문자에 적힌 내용이었다.

＊ ＊ ＊

일본 신주쿠.

우민은 '더 디렉터'의 방송 종료 후, 일본 진출을 위한 계약 관련 일로 일본을 찾았다.

"일단 서점이나 한번 가볼까요?"

"그러지 뭐."

목적지가 정해지자 우민은 거침없이 일본 말로 지나가던 사람에게 물었다.

"書店がどこにありますか?"

"この道に沿って行けばいいです."

대답을 들은 우민이 손석민에게 말했다.

"이 길을 쭉 따라가면 나온다네요."

공항에서부터 우민은 능숙한 일본어로 대화를 나누었다.

이미 영어, 중국어로 읽고 쓰고 말하는 데 전혀 문제가 없다는 사실은 알고 있었다.

그런데 일본어까지?

도대체 그가 가진 언어 능력의 한계가 어디까지인지 문득 궁금해졌다.

"일본어 말고, 다른 나라 말도 할 줄 아는 게 있는 거냐?"

알려준 대로 길을 따라 걷던 우민이 오히려 질문을 던졌다.

"전 세계에 오천만 명 이상이 사용하는 언어의 개수가 몇 개인지 아세요?"

왠지 모를 불안감이 스멀스멀 피어올랐다. 또다시 뭔가 충격적인 말을 들을 것만 같았다.

"오천만 명 이상이면 우리나라 말까지 포함해서 한국어, 중국어, 일본어, 영어는 당연히 들어갈 테고……."

대충 세어보던 손석민이 모르겠다는 듯 고개를 저었다.

"1억 이상의 사람이 모어로 사용하는 언어는 9개, 오천만 명 이상이 사용하는 언어는 20개 정도로 알려져 있습니다."

우민이 이런 말을 하는 의도는 하나다. 손석민은 조용히 입을 다물었다.

"……."

"일단 마음대로 글로 표현할 수 있는 언어는 다섯 개 정도 되고, 일상 회화 정도는 안 써서 까먹은 것도 있을 테니까. 20개까지는 안 되려나… 하나하나 세어보질 않아서 잘 모르겠네요."

"그, 그렇구나."

"갑자기 그건 왜요?"

너무나 태연한 반응.

이것이 태어날 때부터 천재라 불리는 자의 위엄인 건가. 너무나 담담한 우민의 반응에 오히려 손석민이 당황해했다.

"그, 그냥 갑자기 궁금해져서 말이야."

"하하, この程度まですべてできるんじゃないです?"

"너… 지금 나 놀렸지?"

"제가 어떻게 어른을 놀립니까."

"아니야. 감이 안 좋아."

이번에는 베트남어로 대답했다. 각국을 넘나들며 하는 말에 손석민은 정신을 차리기 힘들었다.

"그, 그냥 조용히 가자."

입맛을 다신 손석민이 더 이상 아무 말 하지 않고 앞장서서 걷기 시작했다. 제대로 길을 찾은 것인지, 몇 분 걷지 않아 신주쿠에 위치한 일본 최대 규모의 서점인 'BOOK ON'에 도착할 수 있었다.

＊　　　　　＊　　　　　＊

"바퀴벌레 같은 한국인들!"

"죽어라!"

"키워준 은혜도 모르는 미개인!"

"한국인은 쓰레기다!"

서점 주변에 피켓을 든 일본인들의 시위가 한창이었다. 피켓에는 하나같이 원색적인 비난이 적혀 있었다.

"여기도 혐한인가… 보네요."

손석민의 기억 속에서 이런 종류의 시위가 있다는 뉴스를 본 기억이 스쳐 지나갔다.

"좋게 생각하면 그만큼 한류 열풍이 거세다는 거겠지. 명암은 언제나 공존하는 거니까."

우민이 입술을 오므리며 두 눈을 치켜떴다. 마치 '오'라고 말하는 것 같았다.

"아저씨도 예전에 글 꽤나 쓴 사람이야. 준철이가 워낙 잘나가서 출판사로 전향한 것뿐이다."

우민이 어깨를 으쓱해 보였다.

"하하, 제가 뭐라고 했나요?"

"이 녀석이!"

우민을 보는 손석민이 잠시 생각에 잠겼다.

'어린 시절에는 귀여운 맛이라도 있었는데 이건 나이가 들수록 어째… 지난번 만난 마 회장을 닮아가는 것……'

그런 마음을 읽기라도 하듯 우민이 말했다.

"아닙니다."

"뭐?"

"뭘 생각하시든 그건 아니니 어서 들어가시죠."

우민이 먼저 성큼성큼 발걸음을 옮겼다. 손석민이 빠르게 그 뒤를 따랐다.

서점에 들어가서 문학 코너로 발걸음을 옮기던 우민이 우뚝 멈추었다. 손석민에게는 그저 그림처럼 보이는 글씨들뿐이었다.

"왜, 재밌어 보이는 책이라도 발견한 거냐."

우민은 그저 말없이 천천히 걸음을 움직일 뿐이었다. 손석민도 우민이 가고 있는 방향을 보았다. 다행히 일본어 밑에 영어로 된 단어가 적혀 있었다.

"국제 코너? 거긴 왜."

매대 앞까지 다가간 우민이 책 한 권을 집어 들었다.

〈일본인이 알아야 할 거짓말쟁이 한국의 정체〉

책의 제목부터가 눈에 거슬렸다. 펴보지도 않고 다른 책들을 살펴보았다. 우민이 한국말로 중얼거렸다.

"한국인으로 태어나지 않아 좋았다. 망상대국 한국을 비웃다. 왜 반일한국에 미래는 없는가. 거짓말과 가식의 나라 한국. 한국과 관련되지 마라! 한국과 관련되면 사람도 나라도 반드시 불행해지는 —K의 법칙. 한국이 일본에 질 수밖에 없는 이유."

손석민도 우민이 읽고 있는 게 무엇인지 정도는 알 수 있었다.

"그게 다… 책 제목이냐?"

우민이 고개를 끄덕였다. 비슷한 제목의 책들이 수십여 종 진열되어 있었다. 우민이 어이가 없다는 듯 중얼거렸다.

"이거 없던 애국심도 생겨날 판이네요."

손석민은 믿기지가 않는지 매대에 깔려 있는 책들을 뒤적였다. 대부분 무슨 내용인지 알지 못했다.

다행인지 불행인지 익숙한 글자가 보였다.

"미츠에(영광), 여기라면……."

미츠에 출판사.

한국말로 영광 출판사.

출판 강국 일본에서 1조 원이라는 매출액을 기록하며 굳건하게 1위를 기록하고 있는 출판사로 우민의 책을 일본에 론칭하기 위해 접촉하고 있는 출판사 중 한 곳이었다.

"그러네요. 유독 미츠에 출판사에서 출간된 책이 많아요."

우민이 손을 휘저으며 책들을 뒤적거려 보았다. 유독 미츠에 출판사에서 출간된 서적이 많았다. 놀라운 점은 그것만이 아니었다. 책을 뒤적이던 우민이 서점의 한 곳을 가리켰다.

"저기 보이세요?"

손석민도 시선을 돌렸다.

"이런……."

절로 탄성이 새어 나왔다. 자신이 보고 있는 책들 중 한 권의 이름이 서점에서 집계하는 베스트셀러 순위에 적혀 있었다.

그것도 무려 5위.

어이가 없던 우민이 헛웃음을 터뜨렸다.

"개한론? 이따위 책이 5위라니… 일본 수준 한번 알 만하네요."

개한론.

출판사 미츠에. 저자 사이토 신지로.

한국은 개조가 필요하다, 과거 선진 일본이 한국을 개조하여 한강의 기적을 만들어낼 수 있었다, 그러나 이제 한국은 성장의 정체기를 맞이하게 되었고, 그런 한국을 다시 성장시킬 수 있는 건 오직 '일본'밖에 없다는 내용이었다.

그래서 제목이 개한론(개조한국론). 가히 허무맹랑함의 끝을 달리고 있었다.

우민으로부터 대충의 내용을 전해 들은 손석민도 어이가 없는지 입을 꾹 다물었다.

"……."

"도대체 어떻게 생겨먹었기에 이런 어처구니없는 글을 썼는지… 참 네, 그리고 이런 책이 베스트셀러에 오르는 건 또… 쯧쯧."

우민이 연신 혀를 차며 다른 험한 서적들을 살펴보았다. 대부분의 내용이 비슷한 맥락으로 이야기가 전개되고 있었다. 보면 볼수록 단 1초도 이곳에 머물고 싶지가 않았다.

"가시죠. 더 이상 보지 않아도 알 것 같아요."

우민이 앞서서 서점을 나갔고, 손석민도 군말하지 않고 뒤를 따랐다.

＊　　　　＊　　　　＊

간빠이!

가토 쇼타, 미츠에 출판사의 편집장이 잔을 들며 외쳤다. 편집장의 선창에 술자리에 함께 참석해 있던 사람들이 잔을 높이 들며 따라 했다.

간빠이!!

쨍그랑거리는 경쾌한 소리와 함께 잔이 부딪치고, 사람들이 잔에 담긴 술을 입에 털어 넣었다.

"하하, 사이토 상 덕분에 저희 출판사 매출이 폭풍 성장하고 있습니다."

사이토 상이 부끄러운 듯 손사래를 쳤다.

"아닙니다. 그저 미흡한 제 글을 출판사에서 재밌게 편집해 주셨기 때문이지요."

하하호호.

웃음이 끊이질 않았다.

"출간한 지 한 달도 채 되지 않았는데 벌써 100만 권을 돌파하다니, 이 정도 추세면 오백만 권은 무난히 팔릴 겁니다."

편집장의 말에 사이토 신지로가 함박웃음을 지어 보였다.

500만 권이면 인세로 들어올 수입만 수십억 원일 것이다. 어찌 웃지 않을 수 있을까.

사이토 신지로가 한 잔 더 술을 털어 넣었다.

"우리 일본이 그만큼 성숙했다는 뜻이라 생각됩니다."

사이토 신지로.

'3ch'라는 온라인 공간에서 탄탄한 자료를 바탕으로 빈틈없는 논리를 펼치는 걸로 명성을 쌓았다.

그 자료와 논리의 대부분이 한국에 대한 비방이었다.

즉 혐한.

한국을 욕하는 자극적인 내용으로 인기를 끌었다.

'한일 합방'으로 한국에 철도가 생기고, 길이 뚫리면서 발전의 토대가 되지 않았느냐?

한국 국민의 법, 질서 의식 수준이 어느 정도인지 알고 있는가? 한번 가보면 깜짝 놀라게 될 것이다. 그런 의식 수준이라면 선진 일본과의 격차는 죽었다 깨어나도 줄일 수 없을 것이다.

한국은 스스로를 '헬조선', '지옥불 반도'라 부르며 비하한다. 자국민이 나라를 생각하는 수준이 이 정도다.

등등의 내용이 대부분이었다. 그는 이러한 내용을 바탕으로 명성을 쌓았고, 시류에 편승해 책을 출간했다.

그게 벌써 세 작품.

이제는 어엿한 베스트셀러 작가로 불리는 중이었다.

"그렇지요. 그런 미개한 것들의 문화가 뭐가 그리 좋다고 열광하는지. 지금껏 베푼 은혜도 모르고 천황 폐하를 욕보이기나 하는 것들인데. 쯧."

가토 쇼타의 말에 주변에 있던 사람들이 고개를 끄덕이며 열렬히 수긍했다.

천황 폐하.

그것은 일본인들에게 상징적인 존재. 건드려서는 안 될 종교 같은 것이었다.

한국의 전대 대통령이 그런 일본의 종교이자 자존심을 건드렸고, 그에 대한 반발심으로 터져 나온 감정들이 '혐한'이라는 위험한 흐름으로 변질되었다는 것이 많은 사람들의 중론이었다.

사이토 신지로가 열렬히 편집장의 말에 동조하며 말했다.

"그래서 제 다음 작품은 천황 폐하의 위대함에 대해 써볼까 합니다."

"하하, 좋습니다. 좋아요. 사이토 상이야 출판하기만 하면 백만 부는 예약 작가시니, 저희 출판사에서 최대한 밀어드리겠습니다."

가토 쇼타의 말에 사이토 신지로가 살짝 고개를 숙였다.

"하하, 감사합니다."

편집장, 작가, 그리고 직원들의 입에서는 연신 웃음이 끊이질 않았다.

　　　　　*　　　　　*　　　　　*

　다음 날.

　우민은 손석민과 함께 미츠에 출판사를 찾았다. 회의실로
들어서자마자 은은한 알코올 냄새가 흐르고 있었다.

　"반갑습니다, 이우민 작가님. 저는 편집장 가토 쇼타입니다."

　우민은 뚱한 표정으로 바라보기만 할 뿐 내민 손을 맞잡지
않았다. 그사이 손석민이 얼른 손을 내밀었다.

　"하하, 반갑습니다. 손석민이라고 합니다. 이쪽은 편집장님
도 아시다시피 이우민 작가입니다."

　손석민의 소개에 가토 쇼타가 굳은 표정으로 자리에 앉았
다. 등받이 깊숙이 기대 앉아 삐딱하게 편집장을 바라보던 우
민이 입을 열었다.

　"여기가 바로 돈만 되면 뭐든 출판해 준다는 곳인가요?"

　가토 쇼타가 자리에 앉자마자 벌떡 일어났다. 함께 앉아 있
던 손석민이 체념한 얼굴로 눈을 감고 얼굴을 쓸어내렸다.

　"당신 그걸… 말이라고 하는 겁니까?"

　우민은 조용히 들고 왔던 가방에서 한 뭉치의 원고를 꺼내
들었다.

　"이거나 한번 보시죠."

개일론(개조일본론).

우민이 꺼낸 원고에 적혀 있는 제목이었다.

＊　　　　＊　　　　＊

손석민이 놀란 낯빛으로 우민을 쳐다보았다.

"너… 어제 안 자고 밤새 뭘 하나 했더니……."

우민은 눈앞의 편집장만을 보고 있었다.

"개조일본론. 일본의 발전은 한국의 고통을 거름으로 성장했다. 전쟁이라는 참사에 숟가락을 얹어 밥 먹고 살 수 있는 나라가 되었음에도 과거는 잊고, 아집은 늘어 머리부터 발끝까지 개조가 필요하다. 어떻습니까?"

"지금 그걸 말이라고……."

"제가 서점에서 '개한론'이라는 책을 봤을 때의 심정과 같은 말씀을 하고 계시군요."

가토 쇼타는 분노했고, 우민은 침착했다.

"출판사가 어떤 책을 내던, 그게 당신과 무슨 상관이 있지?"

"그래서 제가 돈만 되면 뭐든 출판해 주는 곳인지 물어본 겁니다."

"지금 그 말은 이 책이 돈이 된다는 건가?"

"물론, 제가 쓴 이상 불티나게 팔려 나갈 겁니다. 내기를 하서도 좋습니다."

말을 할수록 말려드는 기분이 들었다. 그럴수록 가토 쇼타의 기분은 한마디로 더러워졌다.

지금까지 자신 앞에서 이렇게 건방을 떨었던 작가가 있었나? 최소한 자신이 기억하는 인물 중에는 없었다.

"안 팔리면? 그 손실은 어떻게 할 텐가?"

가토 쇼타의 말에 우민은 비웃음을 금치 못했다.

"매출 일조 원의 기업이 그런 말이나 입에 담다니, 쯧쯧. 왜 일본이 소인배의 나라라 불리는지 알 것 같군요."

가토 쇼타의 참을성도 슬슬 한계에 다다랐다. 우민은 개의 치 않고 탁자 한가운데 올려놓은 자신의 원고를 가리켰다.

"편집장님도 이 책 한번 읽어보셔야겠습니다. 그러면 완전히 개조될 겁니다."

분노가 극에 달하자 오히려 머리가 새하얗게 변했다. 잔뜩 힘이 들어간 주먹은 금방이라도 목표를 찾아 날아갈 것만 같았다.

"다마레(닥쳐라!)!"

우민은 더 이상 일본말을 사용하지 않았다.

"Không thích(싫어)."

우민이 사용한 것은 베트남어. 함께 회의실에 들어와 있던 한국어 통역사도 멍한 표정으로 우민을 바라볼 뿐이었다.

손석민은 아예 포기한 듯 입을 꾹 다물었다.

"……."

극으로 치닫는 말싸움 속에서 할 수 있는 건 지끈거리는 머리를 마사지하는 일밖에 없었다. 자신이 손쓸 수 있는 상황이 아니었다.

"나마이키나 야츠(건방진 놈!)!"

우민은 여전히 베트남어로 응수했다.

"벌써 수십 번이나 들었던 말이라 진부해. 좀 더 참신한 건 없나?"

우민의 말을 알아들은 이는 회의실 내에 아무도 없었다. 한 사람은 말을 알아듣고 그 상대는 알아듣지 못하는 기이한 상황.

가토 쇼타는 말을 할수록 화가 진정되며, 기이한 두려움을 느껴야 했다.

"바카야로!"

이번에 우민의 입에서 나온 건 프랑스어였다.

"C'est toi qui es stupide(멍청한 건 당신이야)."

이번에도 가토 쇼타는 알아듣지 못했다. 대충 마지막 단어로 내용을 추측할 뿐이었다. 순간 심장이 두근거렸다.

벌써 편집장 생활만 십수 년을 해왔다. 수많은 작가들을 만나왔지만 이런 유형은 처음이었다.

저렇게 언어를 자유자재로 다루는 작가는 단 한 명도 없었다. 깊이를 측정할 수 없는 능력을 보이는 우민을 보자 혹여 자신이 실수를 한 건 아닐까, 문득 두려움이 들었지만 상관없었다.

자신은 1조 원이 넘는 일본 최대 규모 출판사 미츠에의 편집장이다.

"데테이케(꺼져)!"

우민이 자리에서 일어났다. 큰 키에 다부진 체격이 위협적이었는지 가토 쇼타가 한 발짝 뒤로 물러나며 주춤거렸다.

일어난 우민이 앞에 놓여 있던 원고를 집어 들었다.

"출판하실 생각이 없는 것 같으니 이만 가보겠습니다."

마지막 말은 한국말.

통역관이 빠르게 말을 전했다. 가토 쇼타가 눈을 부릅뜬 채 문을 열고 나가는 우민을 바라보았다.

*　　　*　　　*

일본 도쿄의 한 고급 호텔.

우민이 들어서자마자 시우란이 공손히 고개를 숙였다.

"오셨어요. 작가님."

F 자로 두드러진 굴곡에 우민이 멈칫거렸다. 그 순간을 놓치지 않고 카타리나가 파고들었다.

"얼마에 계약하기로 했어? 십억, 이십억?"

우민이 고개를 저었다. 함께 있던 사람들의 눈이 더할 나위 없이 커졌다.

전석영이 먼저 설레발을 쳤다.

"설마 백억?"

함수호가 맞장구를 쳤다.

"캬아! 역시 작가님!"

뒤에서 우민의 어머니 박은영이 자랑스러운 눈길로 아들을 바라보았다.

우민이 그런 사람들의 기대를 저버리며 절레절레 고개를 저었다.

"계약 안 하기로 했습니다."

사람들의 시선이 손석민을 향했다. 어서 답을 말해보라는 눈빛들, 손석민이 아쉬운 듯 입맛을 다시며 말했다.

"이왕 이렇게 된 거 원래 목적대로 휴가나 즐깁시다."

우민의 작가 그룹 사무실 사람들, 그리고 손석민과 박은영이 총출동한 일본행이다.

계약을 하겠다는 목적도 있었지만 잘 마무리된 '더 디렉터' 방송에 대한 포상 휴가 성격도 있었다.

카타리나도 아쉽다는 듯 우민을 바라보았다.

"계약금 받았으면 한몫 두둑이 뜯어먹으려고 했는데, 이게 뭐야."

그러자 시우란이 앞으로 나섰다.

"제가 전부 결제할 테니, 가고 싶은 곳으로 가시면 됩니다."

"누, 누가 돈이 없어서 그러니? 그냥 말이 그렇다는 거지."

시우란이 우민의 어머니 박은영을 향해 말했다.

"어머님, 피부 미용에 좋은 온천에서부터 건강에 좋은 맛집
까지 준비해 두었으니 말씀만 해주세요. 작가님도 어머님이랑
같이 움직이실 거죠?"

우민은 이번에도 고개를 저었다.

"아니, 나는 따로 가볼 데가 있어. 아저씨, 어머니를 잘 부탁
드려요."

손석민이 얼떨결에 고개를 끄덕이는 사이 박은영이 안쓰러
운 눈빛으로 우민을 불렀다.

"우민아."

"나는 괜찮아. 일본 온 김에 인사드릴 분이 있어서 그래. 내
일은 내가 가이드해 줄게."

담담한 우민의 표정에서 박은영은 알 수 있었다. 이제 정말
괜찮은 것이다. 자신의 품에 있던 우민을 떠나보낼 시기가 된
것이다. 우민의 품에 있던 자신이 떠나야 할 시간이 되었다.

*   *   *

택시를 잡아탄 우민은 뒷좌석은 보지도 않고 입을 열었다.

"문전박대를 당해도 나는 모른다고 분명히 말했다."

카타리나가 먼저 대답했다.

"물론이지."

뒤이어 시우란이 입을 열었다.

"괜찮습니다."

카타리나가 검지와 중지로 브이 자를 만들어 시우란 눈앞에 대고 흔들었다.

내가 먼저 대답했지롱! 이겼다. 헤헤!

시우란은 마치 환청이 들리는 듯한 착각마저 들었다. 백미러를 통해 뒷좌석을 살피던 우민은 머리가 아픈지 눈을 감았다.

택시는 도쿄 중심부 시바우라의 한 고급 주상복합 아파트를 향해 달려갔다.

아파트 앞으로는 도쿄의 명물 레인보우 브릿지가 모습을 드러냈고, 그 아래로 드넓은 도쿄만이 펼쳐져 있었다.

"여기 딱 봐도 엄청 비싼 동네 같은데? 아는 사람이 누구?"

카타리나의 질문에 시우란도 궁금한지 귀를 기울였다. 우민이 채 대답하기 전에 택시가 아파트 앞에 도착했다.

"우와!"

고개를 뒤로 꺾어야 될 만큼 고층의 아파트. 이곳에 산다는 건 상당한 재력가라는 뜻이었다.

우민은 거침없이 성큼성큼 앞으로 걸어갔다. 그러고는 멀찍이 떨어져 어디론가 전화를 걸었다.

그렇게 통화하더니, 아쉬운 얼굴로 둘에게 다가왔다.

"너희도 들어오란다."

카타리나가 두 손을 불끈 쥐었다.

"아싸! 그런데 누구야? 누군데 이렇게 말을 안 해줘."

"무라미 하루다."

카타리나가 놀라 중얼거렸다.

"사, 상실의 숲을 쓴 그 작가?"

시우란도 비슷한 반응이었다.

"노르웨이의 해변을 쓰신 그분을 말씀하시는 게 정말 맞나요?"

"내가 알고 있는 분과 틀리지 않다면… 맞는 것 같은데?"

카타리나가 빠르게 앞장서서 말했다.

"그럼 뭐 해. 어서 가지 않고."

시우란의 얼굴도 약간 상기된 것이 기대하는 기색이 역력했다.

　　　　　＊　　　　　＊　　　　　＊

　무라미 하루다.

　그가 신작을 낼 때면 서점은 그 전날부터 밀려드는 독자들로 몸살을 앓는다.

　노숙을 하면서까지 그의 책을 보고자 하는 골수팬만 수천 명. 가히 일본 전역이 들썩인다고 할 수 있었다.

　그가 위대한 점은 이러한 현상이 일본 내에서만 머물지 않는다는 것이다.

　북미, 유럽, 특히나 한국에서 그의 인기는 선인세만 십억을 가뿐히 넘길 정도로 대중들의 인정을 받고 있는 중이었다.

　카타리나, 그리고 시우란도 그의 팬까지는 아니었지만 이름을 아는 정도를 넘어서 한 번쯤 만나보고 싶은 '셀럽' 중 한 명이었다.

　그리고 그 셀럽이 눈앞에 앉아 있었다.

　짧은 스포츠머리가 인상적이었다. 육십이 가까운 나이라는 것이 믿기지 않을 만큼, 눈가에 주름 하나 없는 것이 더 인상적이었다. 가장 인상적이었던 것은 우민 못지않은 탄탄한 체격. 입고 있던 티셔츠가 팽팽하게 당겨져 가슴팍의 근육이 거침없이 모습을 드러내고 있었다.

그런 남자가 우민을 향해 두 팔을 벌리며 다가갔다.

"이 녀석, 이게 얼마 만이냐. 그렇게 일본에 다시 한번 오라고 할 때는 안 오더니."

무라미 하루다가 우민을 보자마자 덥석 끌어안았다. 우민은 평소와 달리 애써 그의 포옹을 거부하지 않았다.

"하하, 그래서 이렇게 오지 않았습니까."

"그래, 이렇게라도 봤으니 다행이다."

잠시간의 안부를 나눈 무라미 하루다가 우민과 함께 온 두 여자를 바라보았다.

먼저 카타리나가 손을 내밀었다.

"안녕하세요, 작가님. 이우민 작가의 뮤즈이자 동료자, 친구이자 누나이자 가끔은 멘토 역할까지 하고 있는 카타리나 켈리라고 합니다."

"하하, 듣던 대로 재밌는 친구구나."

시우란은 공손하게 고개를 숙였다.

"시우란, 은공님의 가르침을 받고 있는 처지입니다."

시우란의 말에 하루다가 이번에도 웃음을 토했다.

"그럼 제자라는 말인가? 이 녀석이 나도 모르게 벌써 제자를 받았어?"

마지막 말은 우민을 향해 있었다.

"그냥 여행을 다닐 때 잠깐 인연이 있었던 친구예요. 제자라고 할 정도까지는 되지 않습니다. 그리고 저 녀석이 누구에게 가르침을 받을 만한 친구도 아니고요."

"하하, 그건 너랑 똑 닮았구나."

"작가님."

"어서 이쪽으로 앉거라. 오랜만에 거하게 먹어보자꾸나."

하루다의 안내에 따라 일행은 집의 안쪽으로 향했다.

때 한 점 묻어 있지 않은 새하얀 옷을 걸친 셰프들이 식탁 위에 만찬을 올려 두고 있었다.

말 그대로 진수성찬. 육해공이 전부 차려져 있었다.

하루다가 먼저 자리에 앉았다.

"잘 먹고, 건강해야 좋은 글이 나오는 법이다."

카타리나는 왠지 자신의 허벅지만 한 팔뚝의 굵기가 이해되어 고개를 끄덕였다.

"하하, 여전하시네요."

"풀떼기만 먹고, 정신력 소모가 극심한 글을 쓸 수는 없는 법이지."

자리에 앉은 하루다가 먼저 소고기를 한 점 집어 들었다. 그러자 자리에 앉은 다른 이들도 수저를 들고, 취향에 맞게 음식을 집어 들었다.

살짝 핏물이 떨어지는 소고기를 또 한 점 집어삼킨 하루다가 말했다.

"하하, 이미 한바탕 했더구나. 미츠에서의 일은 나도 들었다. 어떤 건방진 작가가 다녀갔다던데?"

"여러 일이 있었는데, 내용 전달이 어떻게 됐습니까?"

"험한, 건방진, 천재?"

하루다 키워드를 읊자 우민이 대답했다.

"거기에 한 가지가 빠졌네요. 개일론. 제가 일본에 출판할 책의 제목입니다."

하루다는 제목을 듣는 순간 알 수 있었다.

개조일본론.

그리고 깨달았다.

누군가 깨어 있는 코끼리의 영역을 침범했다.

『재벌 작가』 6권에 계속…